民国才子
散文系列

一个行乞的诗人

徐志摩散文

XUZHIMO SANWEN

百花洲文艺出版社
BAIHUAZHOU LITERATURE AND ART PRESS

1　　　落叶

17　　　想飞

22　　　自剖

29　　　再剖

34　　　求医

39　　　我的彼得

44　　　青年运动

51　　　关于女子

67　　　我们病了怎么办

72　　　论自杀

85　　　海滩上种花

92　　　天目山中笔记

97　　　北戴河海滨的幻想

101　　　泰山日出

104　　　丑西湖

108　　　巴黎的鳞爪

125　　　翡冷翠山居闲话

128　　　印度洋上的秋思

135   我所知道的康桥

145   泰戈尔

152   罗曼罗兰

160   谒见哈代的一个下午

167   白郎宁夫人的情诗

187   一个行乞的诗人

203   波特莱的散文诗

207   济慈的夜莺歌

落叶

前天你们查先生来电话要我讲演，我说但是我没有什么话讲，并且我又是最不耐烦讲演的。他说：你来吧，随你讲，随你自由的讲，你爱说什么就说什么。我们这里你知道这次开学情形很困难，我们学生的生活很枯燥很闷，我们要你来给我们一点活命的水。这话打动了我。枯燥、闷，这我懂得。虽则我与你们诸君是不相熟的，但这一件事实，你们感觉生活枯闷的事实，却立即在我与诸君无形的关系间，发生了一种真的深切的同情。我知道烦闷是怎么样一个不成形不讲情理的怪物，他来的时候，我们的全身防佛被一个大蜘蛛网盖住了，好容易挣出了这条手臂，那条又叫粘住了。那是一个可怕的网子。我也认识生活枯燥，他那可厌的面目，我想你们也都很认识他。他是无所不在的，他附在各个人的身上，他现在各个人的脸上。你望望你的朋友去，他们的脸上有他，你自己照镜子去，你的脸上，我想，也有他，可怕的枯燥，好比是一种毒剂，他一进了我们的血液，我们的性情，我们的皮肤就变了颜色，而且我怕是离着生命远，离着坟墓近的颜色。

我是一个信仰感情的人，也许我自己天生就是一个感情性的人。比如前几天西风到了，那天早上我醒的时候是冻着才醒过来的，我看着纸窗上的颜色比往常的淡了，我被窝里的肢体像是浸在冷水里似的，我也听见窗外的风声，吹着一棵枣树上的枯叶，一阵一阵的掉下来，在地上卷着，沙沙的发响，有的飞出了外院去，有的留在墙角边转着，那声响真像是叹气。我因此就想起这西风，冷醒了我的梦，吹散了树上的叶子，他那成绩在一般饥荒贫苦的社会里一定格外的可惨。那天我出门的时候，果然见街上的情景比往常不同了；穷苦的老头、小孩全躲在街角上发抖；他们迟早免不了树上枯叶子的命运。那一天我就觉得特别的闷，差不多发愁了。

因此我听着查先生说你们生活怎样的烦闷，怎样的干枯，我就很懂得，我就愿意来对你们说一番话。我的思想——如其我有思想——永远不是成系统的。我没有那样的天才。我的心灵的活动是冲动性的，简直可以说痉挛性的。思想不来的时候，我不能要他来，他来的时候，就比如穿上一件湿衣，难受极了，只能想法子把他脱下。我有一个比喻，我方才说起秋风里的枯叶；我可以把我的思想比作树上的叶子，时期没有到，他们是不会掉下来的；但是到时期了，再要有风的力量，他们就只能一片一片的往下落；大多数也许是已经没有生命了的，枯了的，焦了的，但其中也许有几张还留着一点秋天的颜色，比如枫叶就是红的，海棠叶就是五彩的。这叶子实用是绝对没有的；但有人，比如我自己，就有爱落叶的癖好。他们初下来时颜色有很鲜艳的，但时候久了，颜色也变，除非你保存得好。所以我的话，那就是我的思想，也是与落叶一样的无用，至多有时有几痕生命的颜色就是了。你们不爱的尽可以随意的踩过，绝对不必理会；但也许有少数人有缘分的，不责备他们的无用，竟许会把他们捡起来揣在怀里，间在书里，想延留他们幽淡的颜色。感情，真的感情，是难得的，是名贵的，是应当共有的；我们不应得拒绝感情，或是压迫感情，那是犯罪的行为，与压住泉眼不让上冲，或是掐住小孩不让喘气一样的犯罪。人在社会里本来是不相连续的个体。感情，先天的与后天的，是一种线索，一种经纬，把原来分散的个体织成有文章的整体。但有时线索也有破烂与涣散的时候。所以一个社会里必须有新的线索继续的产出，有破烂的地方去补，有涣散的地方去拉紧，才可以维持这组织大体的匀整，有时生产力特别加增时，我们就有机会或是推广，或是加添我们现有的面积，或是加密，像网球板穿双线似的，我们现成的组织，因为我们知道创造的势力与破坏的势力，建设与溃败的势力，上帝与撒旦的势力，是同时存在的。这两种势力是在一架天平上比着；他们很少平衡的时候，不是这头沉，就是那头沉。是的，人类的命运是在一架大天平上比着，一个巨大的黑影，那是我们集合的化身，在那里看着，他的手里满拿着分两的砝码，一会往这头送，一会又往那头送，地球尽转着，太阳、月亮、星，轮流的照着，我们的运命永远是在天平上称着。

我方才说网球拍，不错，球拍是一个好比喻。你们打球的知道网拍上那里几根线是最吃重最要紧，那几根线要是特别有劲的时候，不仅你对敌时拉球、抽球、拍球格外来的有力，出色，并且你的拍子也就格外的经用，少数特强的分子保持了全体的匀整。这一条原则应用到人道上，就是说，假如我们有力量加密，加强我们最普通的同情线，那线如其穿连得到所有跳动的人心时，那时我们的大网子就坚实耐用，天津人说的，就有根。不问天时怎样的坏，管他雨也罢，云也

3

罢，霜也罢，风也罢，管他水流怎样的急，我们假如有这样一个强有力的大网子，那怕不能在时间无尽的洪流里——早晚网起无价的珍品，那怕不能在我们运命的天平上重重的加下创造的生命的分量？

所以我说真的感情，真的人情，是难能可贵的，那是社会组织的基本成分。初起也许只是一个人心灵里偶然的震动，但这震动，不论怎样的微弱，就产生了及远的波纹；这波纹要是唤得起同情的反应时，原来细的便拼成了粗的，原来弱的便合成了强的，原来脆性的便结成了韧性的，像一缕缕的苎麻打成了粗绳似的；原来只是微波，现在掀成了大浪，原来只是山罅里的一股细水，现在流成了滚滚的大河，向着无边的海洋里流着。比如耶稣在山头上的训道（Sermon on the mount）还不是有限的几句话，但这一篇短短的演说，却制定了人类想望的止境，建设了绝对的价值的标准，创造了一个纯粹的完全的宗教。那是一件大事实，人类历史上一件最伟大的事实。再比如释迦牟尼感悟了生老病死的究竟，发大慈悲心，发大勇猛心，发大无畏心，抛弃了他人间的地位，富与贵，家庭与妻子，直到深山里去修道，结果他也替苦闷的人间打开了一条解放的大道，为东方民族的天才下一个最光华的定义。那又是人类历史上的一件奇迹。但这样大事的起源还不止是一个人的心灵里偶然的震动，可不仅仅是一滴最透明的真挚的感情滴落在黑沉沉的宇宙间？

感情是力量，不是知识。人的心是力量的府库，不是他的逻辑。有真感情的表现，不论是诗是文是音乐是雕刻或是画，好比是一块石子掷在平面的湖心里，你站着就看得见他引起的变化。没有生命的理论，不论他论的是什么理，只是拿石块扔在沙漠里，无非在干枯的地面上添一颗干枯的分子，也许掷下去时便听得出一些干枯的声响，但此外只是一大片死一般的沉寂了。所以感情才是成江成河的水泉，感情才是织成大网的线索。

但是我们自己的网子又是怎么样呢？现在时候到了，我们应当张大了我们的眼睛，认明白我们周围事实的真相。我们已经含糊了好久，现在再不容含糊的了。让我们来大声的宣布我们的网子是坏了的，破了的，烂了的；让我们痛快的宣告我们民族的破产，道德、政治、社会、宗教、文艺，一切都是破产了的。我们的心窝变成了蠹虫的家，我们的灵魂里住着一个可怕的大谎！那天平上沉着的一头是破坏的重量，不是创造的重量；是溃败的势力，不是建设的势力；是撒旦的魔力，不是上帝的神灵。霎时间这边路上长满了荆棘，那边道上涌起了洪水，我们头顶有骇人的声音，是雷霆还是炮火呢？我们周围有一哭声与笑声，哭是我们的灵魂受污辱的悲声，笑是活着的人们疯魔了的狞笑，那比鬼哭更听的可怕，更凄惨。我们张开眼来看时，差不多更没有一块干净的土地，那一处不是叫鲜血与眼泪冲毁了的；更没有平安的所在，因为你即使忘却了外面的世界，你还是躲不了你自身的烦闷与苦痛。不要以为这样混沌的现象是原因于经济的不平等，或是政治的不安定，或是少数人的放肆的野心。这种种都是空虚的，欺人自欺的理论，说着容易，听着中听，因为我们只盼望脱卸我们自身的责任，只要不是我的分，我就有权利骂人。但这是，我着重的说，懦怯的行为；这正是我说的我们各个人灵魂里躲着的大谎！你说少数的政客，少数的军人，或是少数的富翁，是现在变乱的原因吗？我现在对你说：先生，你错了，你很大的错了，你太恭维了那少数人，你太瞧不起你自己。让我们一致的来承认，在太阳普遍的光亮底下承认，我们各个人的罪恶，各个人的不洁净，各个人的苟且与懦怯与卑鄙！我们是与最肮脏的一样的肮脏，与最丑陋的一般的丑陋，我们自身就是我们运命的原因。除非我们能起拔了我们灵魂里的大谎，我们就没有救度；我们要把祈祷的火焰把那鬼烧净了去，我们要把忏悔的眼泪把那鬼冲洗了去，我们要有勇敢来承当罪恶；有了勇敢来承当罪恶，方有胆量来决斗罪恶。再没有第二条路走。如其你们可以容恕我的厚颜，我想念我自己近作的一首诗给你们听，因为那首诗，正是我今天讲的话的更集中的表现：——

毒 药

今天不是我歌唱的日子，我口边涎着狞恶的微笑，不是我说笑的日子，我胸怀间插着发冷光的利刃；

相信我，我的思想是恶毒的因为这世界是恶毒的。我的灵魂是黑暗的因为太阳已经灭绝了光彩，我的声调是像坟堆里的夜鸦因为人间已经杀尽了一切的和谐，我的口音像是冤鬼责问他的仇人因为一切的恩已经让路给一切的怨；

但是相信我。真理是在我的话里虽则我的话像是毒药。真理是永远不含糊的虽则我的话里仿佛有两头蛇的舌，蝎子的尾尖，蜈蚣的触须；只因为我的心里充满着比毒药更强烈，比咒诅更狠毒，比火焰更猖狂，比死更深奥的不忍心与怜悯心与爱心，所以我说的话是毒性的，咒诅的。燎灼的，虚无的；

相信我，我们一切的准绳已经埋没在珊瑚土打紧的墓宫里，最劲洌的祭肴的香味也穿不透这严封的地层：一切的准则是死了的；

我们一切的信心像是顶烂在树枝上的风筝，我们手里擎着这迸断了的鹞线：一切的信心是烂了的；

相信我，猜疑的巨大的黑影，像一块乌云似的，已经笼盖着人间一切的关系：人子不再悲哭他新死的亲娘，兄弟不再来携着他姊妹的手。朋友变成了寇仇，看家的狗回头来咬他主人的腿：是的，猜疑淹没了一切；在路旁坐着啼哭的，在街心里站着的，在你窗前探望的，都是被奸污的处女：池潭里只见些烂破的鲜艳的荷花；

在人道恶浊的涧水里流着，浮荇似的，五具残缺的尸体，它们是仁义礼智信，向着时间无尽的海澜里流去；

这海是一个不安静的海，波涛猖獗的翻着，在每个浪头的小白帽上分明的写着人欲与兽性；

到处是奸淫的现象：贪心搂抱着正义，猜忌逼迫着同情，懦怯狎亵着勇敢，肉欲侮弄着恋爱，暴力侵凌着人道，黑暗践踏着光明；

听呀，这一片淫猥的声响，听呀，这一片残暴的声响；

虎狼在热闹的市街里，强盗在你们妻子的床上，罪恶在你们深奥的灵魂里……

白　旗

来，跟着我来，拿一面白旗在你们的手里——不是上面写着激动怨毒，鼓励残杀字样的白旗，也不是涂着不洁净血液的标记的白旗，也不是画着忏悔与咒语的白旗（把忏悔画在你们的心里）；

你们排列着，噤声的，严肃的，像送丧的行列，不容许脸上留存一丝的颜色，一毫的笑容，严肃的，噤声的，像一队决死的兵士；

现在时辰到了，一齐举起你们手里的白旗，像举起你们的心一样，仰看着你们头顶的青天，不转瞬的，恐惶的，像看着你们自己的灵魂一样；

现在时辰到了，你们让你们熬着、壅着，迸裂着，滚沸着的眼泪流，直流，狂流，自由的流，痛快的流，尽性的流，像山水出峡似的流，像暴雨倾盆似的流……

现在时辰到了，你们让你们咽着，压迫着，挣扎着，汹涌着的声音嚎，直嚎，狂嚎，放肆的嚎，凶狠的嚎，像飓风在大海波涛间的嚎，像你们丧失了最亲爱的骨肉时的嚎……

现在时辰到了，你们让你们回复了的天性忏悔，让眼泪的滚油煎净了的，让嚎恸的雷霆震醒了的天性忏悔，默默的忏悔，悠久的忏悔，沉彻的忏悔，像冷峭的星光照落在一个寂寞的山谷里，像一个黑衣的尼僧匍伏在一座金漆的神龛前；

……

在眼泪的沸腾里，在嚎恸的酣彻里，在忏悔的沉寂里，你们望见了上帝永久的威严。

婴 儿

我们要盼望——个伟大的事实出现，我们要守候一个馨香的婴儿出世：——

你看他那母亲在她生产的床上受罪！

她那少妇的安详，柔和，端丽，现在在剧烈的阵痛里变形成不可信的丑恶：你看她那遍体的筋络都在她薄嫩的皮肤底里暴涨着，可怕的青色与紫色，像受惊的水青蛇在田沟里急泅似的，汗珠站在她的前额上像一颗颗的黄豆，她的四肢与身体猛烈的抽搐着，畸屈着，奋挺着，纠旋着，仿佛她垫着的席子是用针尖编成的，仿佛她的帐围是用火焰织成的；

一个安详的，镇定的，端庄的，美丽的少妇，现在在阵痛的惨酷里变形成魔鬼似的可怖：她的眼，一时紧紧的阖着，一时巨大的睁着，她那眼，原来像冬夜池潭里反映着的明星，现在吐露着青黄色的凶焰，眼珠像是烧红的炭火，映射出她灵魂最后的奋斗，她的原来朱红色的口唇，现在像是炉底的冷灰，她的口颤着，撅着，扭着，死神的热烈的亲吻不容许她一息的平安，她的发是散披着，横在口边，漫在胸前，像揪乱的麻丝，她的手指间紧抓着几穗拧下来的乱发；

这母亲在她生产的床上受罪：——

但她还不曾绝望，她的生命挣扎着血与肉与骨与肢体的纤微，在危崖的边沿上，抵抗着，搏斗着，死神的逼迫；

她还不曾放手，因为她知道（她的灵魂知道！）这苦痛不是无因的，因为她知道她的胎宫里孕育着一点比她自己更伟大的生命的种子，包涵着一个比一切更永久的婴儿；

　　因为她知道这苦痛是婴儿要求出世的征候，是种子在泥土里爆裂成美丽的生命的消息，是她完成她自己生命的使命的时机；

　　因为她知道这忍耐是有结果的，在她剧痛的昏瞀中她仿佛听着上帝准许人间祈祷的声音，她仿佛听着天使们赞美未来的光明的声音；

　　因此她忍耐着，抵抗着，奋斗着……她抵拼绷断她统体的纤微，她要赎出在她那胎宫里动荡着的生命，在她一个完全，美丽的婴儿出世的盼望中，最锐利。最沉酣的痛感逼成了最锐利最沉酣的快感……

　　这也许是无聊的希冀，但是谁不愿意活命，就使到了绝望最后的边沿，我们也还要妄想希望的手臂从黑暗里伸出来挽着我们。我们不能不想望这苦痛的现在，只是准备着一个更光荣的将来，我们要盼望一个洁白的肥胖的活泼的婴儿出世！

　　新近有两件事实，使我得到很深的感触。让我来说给你们听听。

　　前几时有一天俄国公使馆挂旗，我也去看了。加拉罕站在台上，微微的笑着，他的脸上发出一种严肃的青光，他侧仰着他的头看旗上升时，我觉着了他的人格的尊严，他至少是一个有胆有略的男子，他有为主义牺牲的决心，他的脸上至少没有苟且的痕迹，同时屋顶那根旗杆上，冉冉的升上了一片的红光，背着窈远没有一斑云彩的青天。那面簇新的红旗在风前料峭的袅荡个不定。这异样的彩色与声响引起了我异样的感想。是脑腆，是骄傲，还是鄙夷，如今这红旗初次面对着我们偌大的民族？在场人也有拍掌的，但只是断续的拍掌，这就算是我想我们初次见红旗的敬意；但这又是鄙夷，骄傲，还是惭愧呢？那红色是一个伟大的象征，代表人类史里最伟大的一个时期；不仅标示俄国民族流血的成绩，却也为人类立下了一个勇敢尝试的榜样。在那旗子抖动的声响里我不仅仿佛听出了这近十年来那斯拉夫民族失败与胜利的呼声，我也想象到百数十年前法国革命时的狂热，一七八九年七月四日那天巴黎市民攻破巴士梯亚牢狱时的疯癫。自由，平等，友爱！友爱，平等，自由！你们听呀，在这呼声里人类理想的火焰一直从地面上直冲破天顶，历史上再没有更重要更强烈的转变的时期。卡莱尔（Carlyle）在他的法国革命史里形容这件大事有三句名句，他说，"To describe this scene transcends the talent of mortals. After four hours of world bed' am it surrenders.The Bastille is down！"他说："要形容这一景超过了凡人的力量。过了四小时的疯狂他（那大牢）投降了。巴士梯亚是下了！"打破一个政治犯的牢狱不算是了不得的大事，但这事实里有一个象征。巴士梯亚是代表阻碍自由的势力，巴黎士民的攻击是代表全人类争自由的势力，巴士梯亚的"下"是人类理想胜利的凭证。自由，平等，友爱！友爱，平等，自由！法国人在百几十年前猖狂的叫着。这叫声还在人类的性灵里荡着。我们不好像听见吗，虽则隔着百几十年光阴的旷野。如今凶恶的巴士梯亚又在我们的面前堵着；我们如其再不发疯，他那牢门上的铁钉，一个个都快刺透我们的心胸了！

　　这是一件事。还有一件是我六月间伴着泰戈尔到日本时的感想。早七年我过太平洋时曾经到东京去玩过几个钟头，我记得到上野公园去，上一座小山去下望东京的市场，只见连绵的高楼大厦，一派富盛繁华的景象。这回我又到上野去了，我又登山去望东京城了，那分别可太大了！房子，不错，原是有的；但从前是几层楼的高房，还有不少有名的建筑，比如帝国剧场、帝国大学等等，这次看见的，说也可怜，只是薄皮松板暂时支着应用的鱼鳞似的屋子，白松松的像一个烂发的花头，再没有从前那样富盛与繁华的气象。十九的城子都是叫那大地震吞了去烧了去的。我们站着的地面平常看是再坚实不过的，但是等到他起兴时小小的翻一个身，或是微微的张一张口，我们脆弱的文明与脆弱的生命就够受。我们在中国的差不多是不能想着世界上，在醒着的不是梦里的世界上，竟可以有那样的大灾难。我们中国人是在灾难里讨生活的，水、旱、刀兵、盗劫，那一样没有，但是我敢说我们所有的灾难合起来，也抵不上我们邻居一年前遭受的大难。那事情的可怕，我敢说是超过了人类忍受力的止境。我们国内居然有人以日本人这次大灾为可喜的，说他们活该，我真要请协和医院大夫用X光检查一下他们那几位，究竟他们是有没有心肝的。因为在可怕的运命的面前，我们人类的全体只是一群在山里逢着雷霆风雨时的绵羊，那里还能容什么种族、政治等等的偏见与意气？我来说一点情形给你们听听，因为虽则你们在报上看过极详细的记载，不曾亲自察看过的总不免有多少距离的隔膜。我自己未到日本前与看过日本后，见解就完全的不同。你们试想假定我们今天在这里集会，我讲的，你们听的，假如日本那把戏轮着我们头上来时，要不了的搭的搭的搭的三秒钟我与你们与讲台与屋子就永远诀别了地面，像变戏法似的，影踪都没了。那是事实，横滨有好几所五六层高的大楼，全是在三四秒时间内整个儿与地面拉一个平，全没了。你们知道圣书里面形容天降大难的时候，不要说本来脆弱的人类完全放弃了一切的虚荣，就是最猛鸷的野兽与飞禽也会在刹时间变化了性质，老虎会来小猫似的挨着你躲着，利喙的鹰鹞会得躲入鸡棚里去窝着，比鸡还要驯服。在那样非常的变动时，他们也好似觉悟了这彼此同是生物的亲属关系，在天怒的跟前同是剥夺了抵抗力的小虫子，这里面就发生了同命运的同情。你们试想就东京一地说，二二百万的人口，几十百年辛勤的成绩，突然的面对着最后审判的实在，就在今天我们回想起当时他们全城子像一个滚沸的油锅时的情景，原来热闹的市场变成了光焰万丈的火盆，在这里面人类最集中的心力与体力的成绩全变了燃料，在这里面艺术、教育、政治、社会人的骨与肉与血都化成了灰烬，还有百十万男女老小的哭嚷声，这哭声本体就可以摇动天地，——我们不要说亲身经历，就是坐在椅子上想象这样不可信的情景时，也不免觉得害怕不是？那可不是玩儿的事情。单只描写那样的大变，恐怕至少就须要荷马或是莎士比亚的天才。你们试想在那时候，假如你们亲身经历时，你的心理该是怎么样？你还恨你的仇人吗？你还不饶恕你的朋友吗？你还沾恋你个人的私有吗？你还有欺哄人的机会吗？你还有什么希望吗？你还不搂住你身旁的生物，管他是你的妻子，你的老子，你的听差，你的妈，你的冤家，你的老妈子，你的猫，你的狗，把你灵魂里还剩下的光明一齐放射出来，和着你同难的同胞在这普遍的黑暗里来一个最后的结合吗？

但运命的手段还不是那样的简单。他要是把你的一切都扫灭了，那倒也是一个痛快的结束；他可不然。他还让你活着，他还有更苛刻的试验给你。大难过了，你还喘着气；你的家，你的财产，都变了你脚下的灰，你的爱亲与妻与儿女的骨肉还有烧不烂的在火堆里燃着，你没有了一切；但是太阳又在你的头上光亮的照着，你还是好好的在平定的地面上站着，你疑心这一定是梦，可又不是梦，因为不久你就发现与你同难的人们，他们也一样的疑心他们身受的是梦。可真不是梦；是真的。你还活着，你还喘着气，你得重新来过，根本的完全的重新来过。除非是你自愿放手，你的灵魂里再没有勇敢的分子。那才是你的真试验的时候。这考卷可不容易交了，要到那时候你才知道你自己究竟有多大能耐，值多少，有多少价值。

我们邻居日本人在灾后的实际就是这样。全完了，要来就得完全来过，尽你自身的力量不够，加上你儿子的，你孙子的，你孙子的儿子的儿子的孙子的努力，也许可以重新撑起这份家私，但在这努力的经程中，谁也保不定天与地不再捣乱；你的几十年只要他的几秒钟。问题所以是你干不干？就只干脆的一句话，你干不干，是或否？同时也许无情的运命，扭着他那丑陋可怕的脸子在你的身旁冷笑，等着你最后的回话。你干不干，他仿佛也涎着他的怪脸问着你！

我们勇敢的邻居们已经交了他们的考卷；他们回答了一个干脆的干字，我们不能不佩服。我们不能不尊敬他们精神的人格。不等那大震灾的火焰缓和下去，我们邻居们第二次的奋斗已经庄严的开始了。不等运命的残酷的手臂松放，他们已经宣言他们积极的态度对运命宣战。这是精神的胜利，这是伟大，这是证明他们有不可摇的信心，不可动的自信力；证明他们是有道德的与精神的准备的，有最坚强的毅力与忍耐力的，有内心潜在着的精力的，有充分的后备军的，好比说，虽则前敌一起在炮火里毁了，这只是给他们一个出马的机会。他们不但不悲观，不但不消极，不但不绝望，不但不低着嗓子乞怜，不但不倒在地下等救，在他们看来这大灾难，只是一个伟大的激刺，伟大的鼓励，伟大的灵感，一个应有的试验，因此他们新来的态度只是双倍的积极，双倍的勇猛，双倍的兴奋，双倍的有希望；他们仿佛是经过大战的大将，战阵愈急迫愈危险，战鼓愈打得响亮，他的胆量愈大，往前冲的步子愈紧，必胜的决心愈强。这，我说，真是精神的胜利，一种道德的强制力，伟大的，难能的，可尊敬的，可佩服的。泰戈尔说的，国家的灾难，个人的灾难，都是一种试验：除是灾难的结果压倒了你的意志与勇敢，那才是真的灾难，因为你更没有翻身的希望。

这也并不是说他们不感觉灾难的实际的难受，他们也是人，他们虽勇，心究竟不是铁打的。但他们表现他们痛苦的状态是可注意的；他们不来零碎的呼叫，他们采用一种雄伟的庄严的仪式。此次震灾的周年纪念时；他们选定一个时间，举行他们全国的悲哀；在不知是几秒或几分钟的期间内，他们全国的国民一致的静默了，全国民的心灵在那短时间内融合在一阵忏悔的，祈祷的，普遍的肃静里；（那是何等的凄伟！）然后，一个信号打破了全国的静默，那千百万人民又一致的高声悲号，悲悼他们曾经遭受的惨运；在这一声弥漫的哀号里，他们国民，不仅发泄了蓄积着的悲哀，这一声长号，也表明他们一致重新来过的伟大的决心。（这又是何等的凄伟！）

这是教训，我们最切题的教训。我个人从这两件事情——俄国革命与日本地震——感到极深刻的感想；一件是告诉我们什么是有意义有价值的牺牲，那表面紊乱的背后坚定的站着某种主义或是某种理想，激动人类潜伏着一种普遍的想望，为要达到那想望的境界，他们就不顾冒怎样剧烈的险与难，拉倒已成的建设，踏平现有的基础，抛却生活的习惯，尝试最不可测量的路子。这是一种疯癫，但是有目的的疯癫；单独的看，局部的看，我们尽可以下种种非难与责备的批评，但全部的看，历史的看时，那原来纷乱的就有了条理，原来散漫的就成了片段，甚至于在经程中一切反理性的分明残暴的事实都有了他们相当的应有的位置，在这部大悲剧完成时，在这无形的理想"物化"成事实时，在人类历史清理节帐时，所得便超过所出，赢余至少是盖得过损失的。我们现在自己的悲惨就在问题不集中，不清楚，不一贯；我们缺少，用一个现成的比喻——那一面半空里升起来的彩色旗，（我不是主张红旗我不过比喻罢了！）使我们有眼睛能看的人都不由的不仰着头望；缺少那青天里的一个霹雳，使我们有耳朵能听的不由的惊心。正因为缺乏这样一个一贯的理想与标准（能够表现我们潜在意识所想望的），我们有的那一部疯癫性——历史上所有的大运动都脱不了疯癫性的成分——就没有机会充分的外现，我们物质生活的累赘与沾恋，便有力量压迫住我们精神性的奋斗；不是我们天生不肯牺牲，也不是天生懦怯，我们在这时期内的确不曾寻着值得或是强迫我们牺牲的那件理想的大事，结果是精力的散漫，志气的怠惰，苟且心理的普遍，悲观主义的盛行，一切道德标准与一切价值的毁灭与埋葬。

人原来是行为的动物，尤其是富有集合行为力的，他有向上的能力，但他也是最容易堕落的，在他眼前没有正当的方向时，比如猛兽监禁在铁笼子里。在他的行为力没有发展的机会时，他就会随地躺了下来，管他是水潭是泥潭，过他不黑不白的猪奴的生活。这是最可惨的现象，最可悲的趋向。如其我们容忍这种状态继续存在时，那时每一对父母每次生下一个洁净的小孩，只是为这卑劣的社会多添一个堕落的分子，那是莫大的亵渎的罪业；所有的教育与训练也就根本的失去了意义，我们还不如盼望一个大雷霆下来毁尽了这三江或四江流域的人类的痕迹！

再看日本人天灾后的勇猛与毅力，我们就不由的不惭愧我们的穷，我们的乏，我们的寒伧。这精神的穷乏才是真可耻的，不是物质的穷乏。我们所受的苦难都还不是我们应有的试验的本身，那还差得远着那；但是我们的丑态已经恰好与人家的从容成一个对照。我们的

15

精神生活没有充分的涵养，所以临着稀小的纷扰便没有了主意，像一个耗子似的，他的天才只是害怕，他的伎俩只是小偷；又因为我们的生活没有深刻的精神的要求，所以我们合群生活的大网子就缺少最吃分量最经用的那几条普遍的同情线，再加之原来的经纬已经到了完全破烂的状态，这网子根本就没有了联结，不受外物侵损时已有溃败的可能，那里还能在时代的急流里，捞起什么有价值的东西？说也奇怪，这几千年历史的传统精神非但不曾供给我们社会一个顽固的基础，我们现在到了再不容隐讳的时候，谁知道发现我们的桩子，只是在黄河里造桥，打在流沙里的！

难怪悲观主义变成了流行的时髦！但我们年轻人，我们的身体里还有生命跳动，脉管里多少还有鲜血的年轻人，却不应当沾染这最致命的时髦，不应当学那随地躺得下去的猪，不应当学那苟且专家的耗子，现在时候逼迫了，再不容我们刹那的含糊。我们要负我们应负的责任，我们要来补织我们已经破烂的大网子，我们要在我们各个人的生活里抽出人道的同情的纤维来合成强有力的绳索，我们应当发现那适当的象征，像半空里那面大旗似的，引起普遍的注意；我们要修养我们精神的与道德的人格，预备忍受将来最难堪的试验。简单的一句话，我们应当在今天——过了今天就再没有那一天了——宣传我们对于生活基本的态度。是是还是否；是积极还是消极；是生道还是死道；是向上还是堕落？在我们年轻人一个字的答案上就挂着我们全社会的运命的决定。我盼望我至少可以代表大多数青年，在这篇讲演的末尾，高叫一声——用两个有力量的外国字——

"Everlasting yea！"

| 想飞

假如这时候窗子外有雪——街上，城墙上，屋脊上，都是雪，胡同口一家屋檐下偎着一个戴黑兜帽的巡警，半拢着睡眼，看棉团似的雪花在半空中跳着玩……假如这夜是一个深极了的啊，不是壁上挂钟的时针指示给我们看的深夜，这深就比是一个山洞的深，一个往下钻螺旋形的山洞的深……

假如我能有这样一个深夜，它那无底的阴森捻起我遍体的毫管；再能有窗子外不住往下筛的雪，筛淡了远近间扬动的市谣；筛泯了在泥道上挣扎的车轮；筛灭了脑壳中不妥协的潜流……

我要那深，我要那静。那在树荫浓密处躲着的夜鹰轻易不敢在天光还在照亮时出来睁眼。思想：它也得等。

青天里有一点子黑的。正冲着太阳耀眼，望不真，你把手遮着眼，对着那两株树缝里瞧，黑的，有榧子来大，不，有桃子来大——嘿，又移着往西了！

我们吃了中饭出来到海边去。（这是英国康槐尔极南的一角，三面是大西洋）。勖丽丽的叫响从我们的脚底下匀匀的往上颤，齐着腰，到了肩高，过了头顶，高入了云，高出了云。啊，你能不能把一种急震的乐音想象成一阵光明的细雨，从蓝天里冲着这平铺着青绿的地面不住的下？不，那雨点都是跳舞的小脚，安琪儿的。云雀们也吃过了饭，离开了它们卑微的地巢飞往高处做工去。上帝给它们的工作，替上帝做的工作。瞧着，这儿一只，那边又起了两！一起就冲着天顶飞，小翅膀动活的多快活，圆圆的，不踌躇的飞，——它们就认识青天。一起就开口唱，小嗓子活动的多快活，一颗颗小精圆珠子直往外唾，亮亮的唾，脆脆的唾，——它们赞美的是青天。瞧着，这飞得多高，有豆子大，有芝麻大，黑刺刺的一屑，直顶着无底的天顶细细的摇，——这全看不见了，影子都没了！但这光明的细雨还是不住的下着……

飞。"其翼若垂天之云……背负苍天，而莫之夭阏者"；那不容易见着。我们镇上东关厢外有一座黄泥山，山顶上有一座七层的塔，塔尖顶着天。塔院里常常打钟，钟声响动时，那在太阳西晒的时候多，一枝艳艳的大红花贴在西山的鬓边回照着塔山上的云彩，——钟声响动时，绕着塔顶尖，摩着塔顶天，穿着塔顶云，有一只两只有时三只四只有时五只六只蜷着爪往地面瞧的"饿老鹰"，撑开了它们灰苍苍的大翅膀没挂恋似的在盘旋，在半空中浮着，在晚风中泅着，仿佛是按着塔院钟的波荡来练习圆舞似的。那是我做孩子时的"大鹏"。有时好天抬头不见一瓣云的时候听着惚忧忧的叫响，我们就知道那是宝塔上的饿老鹰寻食吃来了，这一想象半天里秃顶圆睛的英雄，我们背上的小翅膀骨上就仿佛豁出了一铿铿铁刷似的羽毛，摇起来呼呼响的，只一摆就冲出了书房门，钻入了玳瑁镶边的白云里玩儿去，谁耐烦站在先生书桌前晃着身子背早上上的多难背的书！阿飞！不是那在树枝上矮矮的跳着的麻雀儿的飞；不是那凑天黑从堂廔后背冲出来赶蚊子吃的蝙蝠的飞；也不是那软尾巴软嗓子做窠在堂檐上的燕子的飞。要飞就得满天飞，风拦不住云挡不住的飞，一翅膀就跳过一座山头，影子下来遮得阴二十亩稻田的飞，到天晚飞倦了就来绕着那塔顶尖顺着风向打圆圈做梦……听说饿老鹰会抓小鸡！

飞。人们原来都是会飞的。天使们有翅膀，会飞，我们初来时也有翅膀，会飞。我们最初来就是飞了来的，有的做完了事还是飞了去，他们是可羡慕的。但大多数人是忘了飞的，有的翅膀上掉了毛不长再也飞不起来，有的翅膀叫胶水给胶住了，再也拉不开，有的羽毛叫人给修短了像鸽子似的只会在地上跳，有的拿背上一对翅膀上当铺去典钱使过了期再也赎不回……真的，我们一过了做孩子的日子就掉了飞的本领。但没了翅膀或是翅膀坏了不能用是一件可怕的事。因为你再也飞不回去，你蹲在地上呆望着飞不上去的天，看旁人有福气的一程一程的在青云里逍遥，那多可怜。而且翅膀又不比是你脚上的鞋，穿烂了可以再问妈要一双去，翅膀可不成，折了一根毛就是一根，没法给补的。还有，单顾着你翅膀也还不定规到时候能飞，你这身子要是不谨慎养太肥了，翅膀力量小再也拖不起，也是一样难不是？一对小翅膀驮不起一个胖肚子，那情形多可笑！到时候你听人家高声的招呼说，朋友，回去罢，趁这天还有紫色的光，你听他们的翅膀在半空中沙沙的摇响，朵朵的春云跳过来拥着他们的肩背，望着最光明的来处翩翩的，冉冉的，轻烟似的化出了你的视域，像云雀似的

19

只留下一泻光明的骤雨——"Thou art unseen, but yet I hear thy shrill delight"——那你，独自在泥涂里淹着，够多难受，够多懊恼，够多寒伧！趁早留神你的翅膀，朋友。

是人没有不想飞的。老是在这地面上爬着够多厌烦，不说别的。飞出这圈子，飞出这圈子！到云端里去，到云端里去！那个心里不成天千百遍的这么想？飞上天空去浮着，看地球这弹丸在大空里滚着，从陆地看到海，从海再看回陆地。凌空去看一个明白——这才是做人的趣味，做人的权威，做人的交代。这皮囊要是太重挪不动，就掷了它，可能的话，飞出这圈子，飞出这圈子！

人类初发明用石器的时候，已经想长翅膀。想飞。原人洞壁上画的四不像，它的背上掮着翅膀；拿着弓箭赶野兽的，他那肩背上也给安了翅膀。小爱神是有一对粉嫩的肉翅的。挨开拉斯（Icarus）是人类飞行史里第一个英雄，第一次牺牲。安琪儿（那是理想化的人）第一个标记是帮助他们飞行的翅膀。那也有沿革——你看西洋画上的表现。最初像是一对小精致的令旗，蝴蝶似的粘在安琪儿们的背上，像真的，不灵动的。渐渐的翅膀长大了，地位安准了，毛羽丰满了。画图上的天使们长上了真的可能的翅膀。人类初次实现了翅膀的观念，彻悟了飞行的意义。挨开拉斯闪不死的灵魂，回来投生又投生。人类最大的使命，是制造翅膀；最大的成功是飞！理想的极度，想象的止境，从人到神！诗是翅膀上出世的；哲理是在空中盘旋的。飞：超脱一切，笼盖一切，扫荡一切，吞吐一切。

你上那边山峰顶上试去，要是度不到这边山峰上，你就得到这万丈的深渊里去找你的葬身地！"这人形的鸟会有一天试他第一次的飞行，给这世界惊骇，使所有的著作赞美，给他所从来的栖息处永久的光荣。"啊达文奢！

但是飞？自从挨开拉斯以来，人类的工作是制造翅膀，还是束缚翅膀？这翅膀，承上了文明的重量，还能飞吗？都是飞了来的，还都能飞了回去吗？钳住了，烙住了，压住了，——这人形的鸟会有试他第一次飞行的一天吗？……

同时天上那一点子黑的已经迫近在我的头顶，形成了一架鸟形的机器，忽的机沿一侧，一球光直往下注，砰的一声炸响，——炸碎了我在飞行中的幻想，青天里平添了几堆破碎的浮云。

自剖

我是个好动的人；每回我身体行动的时候，我的思想也仿佛就跟着跳荡。我做的诗，不论它们是怎样的"无聊"，有不少是在行旅期中想起的。我爱动，爱看动的事物，爱活泼的人，爱水，爱空中的飞鸟，爱车窗外掣过的田野山水。星光的闪动，草叶上露珠的颤动，花须在微风中的摇动，雷雨时云空的变动，大海中波涛的汹涌，都是在在触动我感兴的情景。是动，不论是什么性质，就是我的兴趣，我的灵感。是动就会催快我的呼吸，加添我的生命。

近来却大大的变样了。第一我自身的肢体，已不如原先灵活；我的心也同样的感受了不知是年岁还是什么的拘挛。动的现象再不能给我欢喜，给我启示。先前我看着在阳光中闪烁的金波，就仿佛看见了神仙宫阙——什么荒诞美丽的幻觉，不在我的脑中一闪闪的掠过；现在不同了，阳光只是阳光，流波只是流波，任凭景色怎样的灿烂，再也照不化我的呆木的心灵。我的思想，如其偶尔有，也只似岩石上的藤萝，贴着枯干的粗糙的石面，极困难的蜓着；颜色是苍黑的，姿态是崛强的。

　　我自己也不懂得何以这变迁来得这样的兀突，这样的深彻。原先我在人前自觉竟是一注的流泉，在在有飞沫，在在有闪光；现在这泉眼，如其还在，仿佛是叫一块石板不留余隙的给镇住了。我再没有先前那样蓬勃的情趣，每回我想说话的时候，就觉着那石块的重压，怎么也掀不动，怎么也推不开，结果只能自安沉默！"你再不用想什么了，你再没有什么可想的了"；"你再不用开口了，你再没有什么话可说的了"，我常觉得我沉闷的心府里有这样半嘲讽半吊唁的谆嘱。

　　说来我思想上或经验上也并不曾经受什么过分剧烈的戟刺。我处境是向来顺的，现在，　如其有不同，只是更顺了的。那么为什么这变迁？远的不说，就比如我年前到欧洲去时的心境：啊！我那时还不是一只初长毛角的野鹿？什么颜色不激动我的视觉，什么香味不奋兴我的嗅觉？我记得我在意大利写游记的时候，情绪是何等的活泼，兴趣何等的醇厚，一路来眼见耳听心感的种种，那一样不活栩栩的业集在我的笔端，争求充分的表现！如今呢？我这次到南方去，来回也有一个多月的光景，这期内眼见耳听心感的事物也该有不少。我未动身前，又何尝不自喜此去又可以有机会饱餐西湖的风色，邓尉的梅香——单提一两件最合我脾胃的事。有好多朋友也曾期望我在这闲暇的假期中采集一点江南风趣，归来时，至少也该带回一两篇爽口的诗文，给在北京泥土的空气中活命的朋友们一些清醒的消遣。但在事实上不但在南中时我白瞪着大眼，看天亮换天昏，又闭上了眼，拼天昏换天亮，一枝秃笔跟着我涉海去，又跟着我涉海回来，正如岩洞里的一根石笋，压根儿就没一点摇动的消息；就在我回京后这十来天，任凭朋友们怎样的催促，自己良心怎样的责备，我的笔尖上还是滴不出一点墨沈来。我也曾勉强想想，勉强想写，但到底还是白费！可怕是这心灵骤然的呆顿。完全死了不成？我自己在疑惑。

说来是时局也许有关系。我到京几天就逢着空前的血案。五卅事件发生时我正在意大利山中，采茉莉花编花篮儿玩，翡冷翠山中只见明星与流萤的交唤，花香与山色的温存，俗氛是吹不到的。直到七月间到了伦敦，我才理会国内风光的惨淡，等得我赶回来时，设想中的激昂，又早变成了明日黄花，看得见的痕迹只有满城黄墙上墨彩斑斓的"泣告"。

这回却不同。屠杀的事实不仅是在我住的城子里发见，我有时竟觉得是我自己的灵府里的一个惨象。杀死的不仅是青年们的生命，我自己的思想也仿佛遭着了致命的打击，比是国务院前的断脰残肢，再也不能回复生动与连贯。但这深刻的难受在我是无名的，是不能完全解释的。这回事变的奇惨性引起愤慨与悲切是一件事，但同时我们也知道在这根本起变态作用的社会里，什么怪诞的情形都是可能的。屠杀无辜，还不是年来最平常的现象。自从内战纠结以来，在受战祸的区域内，那一处村落不曾分到过遭奸污的女性，屠残的骨肉，供牺牲的生命财产？这无非是给冤氛团结的地面上多添一团更集中更鲜艳的怨毒。再说那一个民族的解放史能不浓浓的染着Martyrs的腔血？俄国革命的开幕就是二十年前冬宫的血景。只要我们有识力认定，有胆量实行，我们理想中的革命，这回羔羊的血就不会是白涂的。所以我个人的沉闷决不完全是这回惨案引起的感情作用。

爱和平是我的生性。在怨毒、猜忌、残杀的空气中，我的神经每每感受一种不可名状的压迫。记得前年奉直战争时我过的那日子简直是一团黑漆，每晚更深时，独自抱着脑壳伏在书桌上受罪，仿佛整个时代的沉闷盖在我的头顶——直到写下了"毒药"那几首不成形的咒诅诗以后，我心头的紧张才渐渐的缓和下去。这回又有同样的情形：只觉着烦，只觉着闷，感想来时只是破碎，笔头只是笨滞。结果身体也不舒畅，像是蜡油涂抹住了全身毛窍似的难过，一天过去了又是一天，我这里又在重演更深独坐箍紧脑壳的姿势，窗外皎洁的月光，分明是在嘲讽我内心的枯窘！

不，我还得往更深处按。我不能叫这时局来替我思想骤然的呆顿负责，我得往我自己生活的底里找去。

平常有几种原因可以影响我们的心灵活动。实际生活的牵掣可以劫去我们心灵所需要的闲暇，积成一种压迫。在某种热烈的想望不曾得满足时，我们感觉精神上的烦闷与焦躁，失望更是颠覆内心平衡的一个大原因；较剧烈的种类可以麻痹我们的灵智，淹没我们的理性。但这些都合不上我的病源；因为我在实际生活里已经得到十分的幸运，我的潜在意识里，我敢说不该有什么压着的欲望在作怪。

但是在实际上反过来看另有一种情形可以阻塞或是减少你心灵的活动。我们知道舒服、健康、幸福，是人生的目标，我们因此推想我们痛苦的起点是在望见那些目标而得不到的时候。我们常听人说"假如我像某人那样生活无忧我一定可以好好的做事，不比现在整天的精神全花在琐碎的烦恼上。"我们又听说"我不能做事就为身体太坏，若是精神来得，那就……"我们又常常设想幸福的境界，我们想："只要有一个意中人在跟前那我一定奋发，什么事做不到？"但是不，在事实上，舒服、健康、幸福，不但不一定是帮助或奖励心灵生活的条件，它们有时正得相反的效果。我们看不起有钱人，在社会上得意人，肌肉过分发展的运动家，也正在此；至于年少人幻想中的美满幸福，我敢说等得当真有了红袖添香，你的书也就读不出所以然

25

来，且不说什么在学问上或艺术上更认真的工作。

那末生活的满足是我的病源吗？

"在先前的日子"，一个真知我的朋友，就说："正为是你生活不得平衡，正为你有欲望不得满足，你的压在内里的Libido就形成一种升华的现象，结果你就借文学来发泄你生理上的郁结（你不常说你从事文学是一件不预期的事吗？）这情形又容易在你的意识里形成一种虚幻的希望，因为你的写作得到一部分赞许，你就自以为确有相当创作的天赋以及独立思想的能力。但你只是自冤自，实在你并没有什么超人一等的天赋，你的设想多半是虚荣，你的以前的成绩只是升华的结果。所以现在等得你生活换了样，感情上有了安顿，你就发见你向来写作的来源顿呈萎缩甚至枯竭的现象；而你又不愿意承认这情形的实在，妄想到你身子以外去找你思想枯窘的原因，所以你就不由的感到深刻的烦闷。你只是对你自己生气，不甘心承认你自己的本相。不，你原来并没有三头六臂的！

"你对文艺并没有真兴趣，对学问并没有真热心。你本来没有什么更高的志愿，除了相当合理的生活，你只配安分做一个平常人，享你命里铸定的'幸福'；在事业界，在文艺创作界，在学问界内，全没有你的位置，你真的没有那能耐。不信你只要自问在你心里的心里有没有那无形的'推力'，整天整夜的恼着你，逼着你，督着你，放开实际生活的全部，单望着不可捉摸的创作境界里去冒险？是的，顶明显的关键就是那无形的推力或是冲动（The Impulse），没有它人类就没有科学，没有文学，没有艺术，没有一切超越功利实用性质的创作。你知道在国外（国内当然也有，许没那样多）有多少人被这无形的推力驱使着，在实际生活上变成一种离魂病性质的变态动物，不但人间所有的虚荣永远沾不上他们的思想，就连维持生命的睡眠饮食，在他们都失了重要，他们全部的心力只是在他们那无形的推力所指示的特殊方向上集中应用。怪不得有人说天才是疯癫；我们在巴黎、伦敦不就到处碰得着这类怪人？如其他是一个美术家，恼着他的就只怎样可以完全表现他那理想中的形体；一个线条的准确，某种色彩的调谐，在他会得比他生身父母的生死与国家的存亡更重要，更迫切，更要求注意。我们知道专门学者有终身掘坟墓的，研究蚊虫生理的，观察亿万万里外一个星的动定的。并且他们决不问社会对于他们的劳力有否任何的认识，那就是虚荣的进路；他们是被一点无形的推力的魔鬼蛊定了的。

"这是关于文艺创作的话。你自问有没有这种情形。你也许经验过什么'灵感'，那也许有，但你却不要把刹那误认作永久的，虚幻认作真实。至于说思想与真实学问的话，那也得背后有一种推力，方向许不同，性质还是不变。做学问你得有原动的好奇心，得有天然热情的态度去做求知识的工夫。真思想家的准备，除了特强的理智，还得有一种原动的信仰；信仰或寻求信仰，是一切思想的出发点：极端的怀疑派思想也只是期望重新位置信仰的一种努力。从古来没有一个思想家不是宗教性的。在他们，各按各的倾向，一切人生的和理智的问题是实在有的；神的有无，善与恶，本体问题，认识问题，意志自由问题，在他们看来都是含逼迫性的现象，要求合理的解答——比山岭的崇高，水的流动，爱的甜蜜更真，更实在，更耸动。他们的一点心灵，就永远在他们设想的一种或多种问题的周围飞舞、旋绕，正如灯蛾之于火焰：牺牲自身来贯彻火焰中心的秘密，是他们共有的决心。

27

"这种惨烈的情形，你怕也没有吧？我不说你的心幕上就没有思想的影子；但它们怕只是虚影，像水面上的云影，云过影子就跟着消散，不是石上的雷痕越日久越深刻。

　　"这样说下来，你倒可以安心了！因为个人最大的悲剧是设想一个虚无的境界来谎骗你自己；骗不到底的时候你就得忍受'幻灭'的莫大的苦痛。与其那样，还不如及早认清自己的深浅，不要把不必要的负担，放上支撑不住的肩背，压坏你自己，还难免旁人的笑话！朋友，不要迷了，定下心来享你现成的福分吧；思想不是你的分，文艺创作不是你的分，独立的事业更不是你的分！天生抗了重担来的那也没法想（那一个天才不是活受罪！）你是原来轻松的，这是多可羡慕，多可贺喜的一个发见！算了吧，朋友！"

再剖

你们知道喝醉了想吐吐不出或是吐不爽快的难受不是？这就是我现在的苦恼；肠胃里一阵阵的作恶，腥腻从食道里往上泛，但这喉关偏跟你别扭，它捏住你，逼住你，逗着你——不，它且不给你痛快那！前天那篇"自剖"，就比是哇出来的几口苦水，过后只是更难受，更觉着往上冒。我告你我想要怎么样。我要孤寂：要一个静极了的地方——森林的中心，山洞里，牢狱的暗室里——再没有外界的影响来逼迫或引诱你的分心，再不须计较旁人的意见，喝彩或是嘲笑；当前唯一的对象是你自己：你的思想，你的感情，你的本性。那时它们再不会躲避，不会隐遁，不会装作；赤裸裸的听凭你察看，检验，审问。你可以放胆解去你最后的一缕遮盖，袒露你最自怜的创伤，最掩讳的私亵。那才是你痛快一吐的机会。

但我现在的生活情形不容我有那样一个时机。白天太忙（在人前一个人的灵性永远是蜷缩在壳内的蜗牛），到夜间，比如此刻，静是静了，人可又倦了，惦着明天的事情又不得不早些休息。啊，我真羡慕我台上放着那块唐砖上的佛像，他在他的莲台上瞑目坐着，什么都摇不动他那入定的圆澄。我们只是在烦恼网里过日子的众生，怎敢企望那光明无碍的境界！有鞭子下来，我们躲；见好吃的，我们垂涎；听声响，我们着忙；逢着痛痒，我们着恼。我们是鼠，是狗，是刺猬，是天上星星与地上泥土间爬着的虫。那里有工夫，即使你有心想亲近你自己？那里有机会，即使你想痛快的一吐？

前几天也不知无形中经过几度挣扎，才呕出那几口苦水，这在我虽则难受还是照旧，但多少总算是发泄。事后我私下觉得愧悔，因为我不该拿我一己苦闷的骨鲠，强读者们陪着我吞咽。是苦水就不免熏蒸的恶味。我承认这完全是我自私的行为，不敢望恕的。我唯一的解嘲是这几口苦水的确是从我自己的肠胃里呕出——不是去脏水桶里舀来的。我不曾期望同情，我只要朋友们认识我的深浅——（我的浅？）我最怕朋友们的容宠容易形成一种虚拟的期望；我这操刀自剖的一个目的，就在及早解卸我本不该扛上的担负。

是的，我还得往底里按，往更深处剖。

最初我来编辑副刊，我有一个愿心。我想把我自己整个儿交给能容纳我的读者们，我心目中的读者们，说实话，就只这时代的青年。我觉着只有青年们的心窝里有容我的空隙，我要偎着他们的热血，听他们的脉搏。我要在我自己的情感里发见他们的情感，在我自己的思想里反映他们的思想。假如编辑的意义只是选稿、配版、付印、拉稿，那还不如去做银行的伙计——有出息得多。我接受编辑晨副的机会，就为这不单是机械性的一种任务。（感谢晨报主人的信任与容忍），晨报变了我的喇叭，从这管口里我有自由吹弄我古怪的不调谐的音调，它是我的镜子，在这平面上描画出我古怪的不调谐的形状。我也决不掩讳我的原形：我就是我。记得我第一次与读者们相见，就是一篇供状。我的经过，我的深浅，我的偏见，我的希望，我都曾经再三的声明，怕是你们早听厌了。但初起我有一种期望是真的——期望我自己。也不知那时间为什么原因我竟有那活棱棱的一副勇气。我宣言我自己跳进了这现实的世界，存心想来对准人生的面目认他一个仔细。我信我自己的热心（不是知识）多少可以给我一些对敌力量的。我想拼这一天，把我的血肉与灵魂，放进这现实世界的磨盘里去捱，锯齿下去拉，——我就要尝那味儿！只有这样，我想，才可以期望我主办的刊物多少是一个有生命气息的东西；才可以期望在作者与读者间发生一种活的关系；才可以期望读者们觉着这一长条报纸与黑的字印的背后，的确至少有一个活着的人与一个动着的心，他的把握是在你的腕上，他的呼吸吹在你的脸上，他的欢喜，他的惆怅，他的迷惑，他的伤悲，就比是你自己的，的确是从一个可认识的主体上发出来的变化——是站在台上人的姿态，——不是投射在白幕上的虚影。

并且我当初也并不是没有我的信念与理想。有我崇拜的德性，有我信仰的原则。有我爱护的事物，也有我痛疾的事物。往理性的方向走，往爱心与同情的方向走，往光明的方向走，往真的方向走，往健康快乐的方向走，往生命，更多更大更高的生命方向走——这是我那时的一点"赤子之心"。我恨的是这时代的病象，什么都是病象：猜忌、诡诈、小巧、倾轧、挑拨、残杀、互杀、自杀、忧愁、作伪、肮脏。我不是医生，不会治病；我就有一双手，趁它们活灵的时候，我想，或许可以替这时代打开几扇窗，多少让空气流通些，浊的毒性的出去，清醒的洁净的进来。

但紧接着我的狂妄的招摇，我最敬畏的一个前辈（看了我的吊刘

31

叔和文）就给我当头一棒：

> "……既立意来办报而且郑重宣言'决意改变我对人的态度'，那么自己的思想就得先磨冶一番，不能单凭主觉，随便说了就算完事。迎上前去，不要又退了回来！一时的兴奋，是无用的，说话越觉得响亮起劲，跳踯有力，其实即是内心的虚弱，何况说出衰颓懊丧的语气，教一般青年看了，更给他们以可怕的影响，似乎不是志摩这番挺身出马的本意！……"

迎上前去，不要又退了回来！这一喝这几个月来就没有一天不在我"虚弱的内心"里回响。实际上自从我喊出"迎上前去"以后，即使不曾撑开了往后退，至少我自己觉不得我的脚步曾经向前挪动。今天我再不能容我自己这梦梦的下去。算清亏欠，在还算得清的时候，总比窝着浑着强。我不能不自剖。冒着"说出衰颓懊丧的语气"的危险，我不能不利用这反省的锋刃，劈去纠着我心身的累赘、淤积，或许这来倒有自我真得解放的希望！

想来这做人真是奥妙。我信我们的生活至少是复性的。看得见，觉得着的生活是我们的显明的生活，但同时另有一种生活，跟着知识的开豁逐渐胚胎、成形、活动，最后支配前一种的生活，比是我们投在地上的身影，跟着光亮的增加渐渐由模糊化成清晰，形体是不可捉的，但它自有它的奥妙的存在，你动它跟着动，你不动它跟着不动。在实际生活的匆遽中，我们不易辨认另一种无形的生活的并存，正如我们在阴地里不见我们的影子；但到了某时候某境地忽的发见了它，不容否认的踵接着你的脚跟，比如你晚间步月时发见你自己的身影。

它是你的性灵的或精神的生活。你觉到你有超实际生活的性灵生活的俄顷，是你一生的一个大关键！你许到极迟才觉悟（有人一辈子不得机会），但你实际生活中的经历、动作、思想，没有一丝一屑不同时在你那跟着长成的性灵生活中留着"对号的存根"，正如你的影子不放过你的一举一动，虽则你不注意到或看不见。

我这时候就比是一个人初次发见他有影子的情形。惊骇、讶异、迷惑、耸悚、猜疑、恍惚同时并起，在这辨认你自身另有一个存在的时候。我这辈子只是在生活的道上盲目的前冲，一时踹入一个泥潭，一时踏折一支草花，只是这无目的的奔驰；从那里来，向那里去，现在在那里，该怎么走，这些根本的问题却从不曾到我的心上。但这时候突然的，恍然的我惊觉了。仿佛是一向跟着我形体奔波的影子忽然阻住了我的前路，责问我这匆匆的究竟是为什么！

一种新意识的诞生。这来我再不能盲冲，我至少得认明来踪与去迹，该怎样走法如其有目的地，该怎样准备如其前程还在遥远？

啊，我何尝愿意吞这果子，早知有这多的麻烦！现在我第一要考查明白的是这"我"究竟是怎么一回事；然后再决定掉落在这生活道上的"我"的赶路方法。以前种种动作是没有这新意识作主宰的；此后，什么都得由它。

求医

To understand that the sky is everywhere blue, it is not necessary to have travelled all round the world——Goethe

新近有一个老朋友来看我，在我寓里住了好几天。彼此好久没有机会谈天，偶尔通信也只泛泛的；他只从旁人的传说中听到我生活的梗概，又从他所听到的推想及我更深一义的生活的大致。他早把我看作"丢了"。谁说空闲时间不能离间朋友间的相知？但这一次彼此又捡起了，理清了早年息息相通的线索，这是一个愉快！单说一件事：他看看我四月间副刊上的两篇"自剖"，他说他也有文章做了，他要写一篇"剖志摩的自剖"。他却不曾写：我几次逼问他，他说一定在离京前交卷。有一天他居然谢绝了约会，躲在房子里装病，想试他那柄解剖的刀。晚上见他的时候，他文章不曾做起，脸上倒真的有了病容！"不成功；"他说，"不要说剖，我这把刀，即使有，早就在刀鞘里锈住了，我怎么也拉它不出来！我倒自己发生了恐怖，这回回去非发奋不可。"打了全军覆没的大败仗回来的,也没有他那晚谈话时的沮丧!

但他这来还是帮了我的忙;我们俩连着四五晚通宵的谈话,在我至少感到了莫大的安慰。我的朋友正是那一类人,说话是绝对不敏捷的,他那永远茫然的神情与偶尔激出来的几句话,在当时极易招笑,但在事后往往透出极深刻的意义,在听着的人的心上不易磨灭的:别看他说话的外貌乱石似的粗糙,它那核心里往往藏着直觉的纯璞。他是那一类的朋友,他那不浮夸的同情心在无形中启发你思想的活动,叫逗你心灵深处的"解严";"你尽量披露你自己",他仿佛说,"在这里你没有被误解的恐怖。"我们俩的谈话是极不平等的;十分里有九分半的时光是我占据的,他只贡献简短的评语,有时修正,有时赞许,有时引申我的意思;但他是一个理想的"听者",他能尽量的容受,不论对面来的是细流或是大水。

我的自剖文不是解嘲体的闲文,那是我个人真的感到绝望的呼声。"这篇文章是值得写的",我的朋友说,"因为你这来冷酷的操刀,无顾恋的劈剖你自己的思想,你至少摸着了现代的意识的一角;你剖的不仅是你,我也叫你剖着了,正如葛德说的'要知道天到处是碧蓝,并用不着到全世界去绕行一周'。你还得往更深处剖,难得你有勇气下手;你还得如你说的,犯着恶心呕苦水似的呕,这时代的意识是完全叫种种相冲突的价值的尖刺给交占住,支离了缠昏了的,你希冀回复清醒与健康先得清理你的外邪与内热。至于你自己,因为发见病象而就放弃希望,当然是不对的;我可以替你开方。你现在需要的没有别的,你只要多多的睡!休息,休养,到时候你自会强壮。我是开口就会牵到葛德的,你不要笑;葛德就是懂得睡的秘密的一个。

他每回觉得他的创作活动有退潮的趋向，他就上床去睡，真的放平了身子的睡，不是喻言，直睡到精神回复了，一线新来的波澜逼着他再来一次发疯似的创作。你近来的沉闷，在我看，也只是内心需要休息的符号。正如潮水有涨落的现象，我们劳心的也不免同样受这自然律的支配。你怎么也不该挫气，你正应得利用这时期；休息不是工作的断绝，它是消极的活动；这正是你吸新营养取得新生机的机会。听凭地面上风吹的怎样尖厉，霜盖得怎么严密，你只要安心在泥土里等着，不愁到时候没有再来一次爆发的惊喜。"

这是他开给我的药方。后来他又跟别的朋友谈起，他说我的病——如其是病——有两味药可医，一是"隐居"，一是"上帝"。烦闷是起原于精神不得充分的怡养；烦嚣的生活是劳心人最致命的伤，离开了就有办法，最好是去山林静僻处躲起。但这环境的改变，虽则重要，还只是消极的一面；为要启发性灵，一个人还得积极的寻求。比性爱更超越更不可摇动的一个精神的寄托——他得自动去发见他的上帝。

上帝这味药是不易配得的，我们姑且放开在一边（虽则我们不能因他字面的兀突就忽略他的深刻的涵养，那就是说这时代的苦闷现象隐示一种渐次形成宗教性大运动的趋向）；暂时脱离现社会去另谋隐居生活那味药，在我不但在事实上有要得到的可能，并且正合我新近一天迫似一天的私愿，我不能不计较一下。

我们都是在生活的蜘网中胶住了的细虫，有的还在勉强挣扎，大多数是早已没了生气，只当着风来吹动网丝的时候顶可怜相的晃动着，多经历一天人事，做人不自由的感觉也跟着真似一天。人事上的关连一天加密一天，理想的生活上的依据反而一天远似一天，仅是这飘忽忽的，仿佛是一块石子在一个无底的深潭中无穷尽的往下坠着似的——有到底的一天吗，天知道！实际的生活逼得越紧，理想的生活宕得越空，你这空手仆仆的不"丢"怎么着？你睁开眼来看看，见着的只是一个悲惨的世界，我们这倒运的民族眼下只有两种人可分，一种是在死的边沿过活的，又一种简直是在死里面过活的：你不能不发悲心不是，可是你有什么能耐能抵挡这普遍"死化"的凶潮？太凄惨了呀这"人道的幽微的悲切的音乐"！那么你闭上眼吧，你只是发见另一个悲惨的世界：你的感情，你的思想，你的意志，你的经验，你的理想，有那一样调谐的，有那一样容许你安舒的？你想要攀援，但是你的力量？你仿佛是掉落在一个井里，四边全是光油油不可攀援的陡壁，你怎么想上得来？就我个人说，所谓教育只是"画皮"的勾当，我何尝得到一点真的知识？说经验吧；不错，我也曾进货似的运得一部分的经验，但这都是硬性的，杂乱的，不经受意识渗透的；经验自经验，我自我，这一屋子满满的生客只使主人觉得迷惑、慌张、害怕。不，我不但不曾"找到"我自己；我竟疑心我是"丢"定了的。曼殊斐儿在她的日记里写——

"我不是晶莹的透彻。"

"我什么都不愿意的。全是灰色的；重的、闷的。……我要生活，这话怎么讲？单说是太易了。可是你有什么法子？"

"所有我写下的，所有我的生活，全是在海水的边沿上。这仿佛是一种玩艺。我想把我所有的力量全给放上去，但不知怎的我做不到。"

"前这几天，最使人注意的是蓝的色彩。蓝的天，蓝的山，——一切都是神异的蓝！……但深黄昏的时刻才真是时光的时光。当着那时候，面前放着非人间的美景，你不难领会到你应分走的道儿有多远。珍重你的笔，得不辜负那上升的明月，那白的天光。你得够'简洁'的。正如你在上帝跟前得简洁。"

"我方才细心的刷净收拾我的水笔。下回它再要是漏，那它就不够格儿。"

"我觉得我总不能给我自己一个沉思的机会，我正需要那个。我觉得我的心地不够清白，不识卑，不兴。这底里的渣子新近又漾了起来。我对着山看，我见着的就是山。说实话？我念不相干的书……不经心，随意？是的，就是这情形。心思乱，含糊，不积极，尤其是躲懒，不够用工。——白费时光。我早就这么喊着——现在还是这呼声。为什么这阑珊的，你？啊，究竟为什么？"

"我一定得再发心一次，我得重新来过。我再来写一定得简洁的、充实的、自由的写，从我心坎里出来的。平心静气的，不问成功或是失败，就这往前去做去。但是这回得下决心了！尤其得跟生活接近。跟这天，这月，这些星，这些冷落的坦白的高山。"

"我要是身体健"，曼殊斐儿在又一处写，"我就一个人跑到一个地方，在一株树下坐着去。"她这苦痛的企求内心的莹澈与生活的调谐，那一个字不在我此时比她更"散漫、含糊、不积极"的心境里引起同情的回响！啊，谁不这样想：我要是能，我一定跑到一个地方在一株树下坐着去。但是你能吗？

我的彼得

　　新近有一天晚上，我在一个地方听音乐，一个不相识的小孩，约莫八九岁光景，过来坐在我的身边，他说的话我不懂，我也不易使他懂我的话，那可并不妨事，因为在几分钟内我们已经是很好的朋友，他拉着我的手，我拉着他的手，一同听台上的音乐。他年纪虽则小，他音乐的兴趣已经很深：他比着手势告我他也有一张提琴，他会拉，并且说那几个是他已经学会的调子。他那资质的敏慧，性情的柔和，体态的秀美，不能使人不爱；而况我本来是欢喜小孩们的。

　　但那晚虽则结识了一个可爱的小友，我心里却并不快爽；因为不仅见着他使我想起你，我的小彼得，并且在他活泼的神情里我想见了你，彼得，假如你长大的话，与他同年龄的影子。你在时，与他一样，也是爱音乐的；虽则你回去的时候刚满三岁，你爱好音乐的故事，从你褓襁时起，我屡次听你妈与你的"大大"讲，不但是十分的有趣可爱，竟可说是你有天赋的凭证，在你最初开口学话的日子，你妈已经写信给我，说你听着了音乐便异常的快活，说你在坐车里常常伸出你的小手在车栏上跟着音乐按拍；你稍大些会得淘气的时候，你妈说，只要把话匣开上，你便在旁边乖乖的坐着静听，再也不出声不闹：——并且你有的是可惊的口味，是贝德花芬是槐格纳你就爱，要是中国的戏片，你便盖没了你的小耳，决意不让无意味的锣鼓，打搅你的清听！你的大大（她多疼你！）讲给我听你得小提琴的故事：怎样那晚上买琴来的时候你已经在你的小床上睡好，怎样她们为怕你起来闹赶快灭了灯亮把琴放在你的床边，怎样你这小机灵早已看见，却偏不作声，等你妈与大大都上了床，你才偷偷的爬起来，摸着了你的宝贝，再也忍不住的你技痒，站在漆黑的床边，就开始你"截桑柴"的本领，后来怎样她们干涉了你，你便乖乖的把琴抱进你的床去，一起安眠。她们又讲你怎样喜欢拿着一根短棍站在桌上摹仿音乐会的导师，你那认真的神情常常叫在座人大笑。此外还有不少趣话，大大记得最清楚，她都讲给我听过；但这几件故事已够见证你小小的灵性里早长着音乐的慧根。实际我与你妈早经同意想叫你长大时留在德国学习音乐；——谁知道在你的早殇里我们不失去了一个可能的毛赞德（Mozart）：在中国音乐最饥荒的日子，难得见这一点希冀的青芽，又教运命无情的脚根踏倒，想起怎不可伤？

彼得，可爱的小彼得，我"算是"你的父亲，但想起我做父亲的往迹，我心头便涌起了不少的感想；我的话你是永远听不着了，但我想借这悼念你的机会，稍稍疏泄我的积愫，在这不自然的世界上，与我境遇相似或更不如的当不在少数，因此我想说的话或许还有人听，竟许有人同情。就是你妈，彼得，她也何尝有一天接近过快乐与幸福，但她在她同样不幸的境遇中证明她的智断，她的忍耐，尤其是她的勇敢与胆量；所以至少她，我敢相信，可以懂得我话里意味的深浅，也只有她，我敢说，最有资格指证或相诠释，在她有机会时，我的情感的真际。

但我的情愫！是怨，是恨，是忏悔，是怅惘？对着这不完全，不如意的人生，谁没有怨，谁没有恨，谁没有怅惘？除了天生颟顸的，谁不曾在他生命的经途中——葛德说的——和着悲哀吞他的饭，谁不曾拥着半夜的孤衾饮泣？我们应得感谢上苍的是他不可度量的心裁，不但在生物的境界中他创造了不可计数的种类，就这悲哀的人生也是因人差异，各各不同，——同是一个碎心，却没有同样的碎痕，同是一滴眼泪，却难寻同样的泪晶。

彼得我爱，我说过我是你的父亲。但我最后见你的时候你才不满四月，这次我再来欧洲你已经早一个星期回去，我见着的只你的遗像，那太可爱，与你一撮的遗灰，那太可惨。你生前日常把弄的玩具——小车、小马、小鹅、小琴、小书——，你妈曾经件件的指给我看，你在时穿着的衣、褂、鞋、帽，你妈与你大大也曾含着眼泪从箱里理出来给我抚摩，同时她们讲你生前的故事，直到你的影像活现在我的眼前，你的脚踪仿佛在楼板上踹响。你是不认识你父亲的，彼得，虽则我听说他的名字常在你的口边，他的肖像也常受你小口的亲吻，多谢你妈与你大大的慈爱与真挚，她们不仅永远把你放在她们心坎的底里，她们也使我，没福见着你的父亲，知道你，认识你，爱你，也把你的影像、活泼、美慧、可爱，永远镂上了我的心版。那天在柏林的会馆里，我手捧着那收存你遗灰的锡瓶，你妈与你七舅站在旁边止不住滴泪，你的大大哽咽着，把一个小花圈挂上你的门前——那时间我，你的父亲，觉着心里有一个尖锐的刺痛，这才初次明白曾经有一点血肉从我自己的生命里分出，这才觉着父性的爱像泉眼似的在性灵里汩汩的流出；只可惜是迟了，这慈爱的甘液不能救活已经萎

41

折了的鲜花，只能在他纪念日的周遭永远无声的流转。

彼得，我说我要借这机会稍稍爬梳我年来的郁积；但那也不见得容易；要说的话仿佛就在口边，但你要它们的时候，它们又不在口边；像是长在大块岩石底下的嫩草，你得有力量翻起那岩石才能把它不伤损的连根起出——谁知道那根长的多深！是恨，是怨，是忏悔，是怅惘？许是恨，许是怨，许是忏悔，许是怅惘。荆棘刺入了行路人的胫踝，他才知道这路的难走；但为什么有荆棘？是它们自己长着，还是有人存心种着的？也许是你自己种下的？至少你不能完全抱怨荆棘，一则因为这道是你自愿才来走的；再则因为那刺伤是你自己的脚踏上子荆棘的结果，不是荆棘自动来刺你。——但又谁知道？因此我有时想，彼得，像你倒真是聪明：你来时是一团活泼，光亮的天真，你去时也还是一个光亮，活泼的灵魂；你来人间真像是短期的作客，你知道的是慈母的爱，阳光的和暖与花草的美丽，你离开了妈的怀抱，你回到了天父的怀抱，我想他听你欣欣的回报这番作客——只尝甜浆，不吞苦水——的经验，他上年纪的脸上一定满布着笑容——你的小脚踝上不曾碰着过无情的荆棘，你穿来的白衣不曾沾着一斑的泥污。

但我们，比你住久的，彼得，却不是来作客；我们是遭放逐，无形的解差永远在后背催逼着我们赶道：为什么受罪，前途是那里，我们始终不曾明白，我们明白的只是底下流血的胫踝，只是这无恩的长路，这时候想回头已经太迟，想中止也不可能，我们真的羡慕，彼得，像你那谪期的简净。

在这道上遭受的，彼得，还不止是难，不止是苦，最难堪的是逐步相追的嘲讽，身影似的不可解脱。我既是你的父亲，彼得，比方

一个行乞的诗人 徐志摩散文

说，为什么我不能在你的生前，日子虽短，给你应得的慈爱，为什么要到这时候，你已经去了不再回来，我才觉着骨肉的关连？并且假如我这番不到欧洲，假如我在万里外接到你的死耗，我怕我只能看作水面上的云影，来时自来，去时自去：正如你生前我不知欣喜，你在时我不知爱惜，你去时也不能过分动我的情感。我自分不是无情，不是寡恩，为什么我对自身的血肉，反是这般不近情的冷漠？彼得，我问为什么，这问的后身便是无限的隐痛；我不能怨，我不能恨，更无从悔，我只是怅惘，我只能问！明知是自苦的挪揄，但我只能忍受。而况挪揄还不止此，我自身的父母，何尝不赤心的爱我；但他们的爱却正是造成我痛苦的原因：我自己也何尝不笃爱我的亲亲，但我不仅不能尽我的责任，不仅不曾给他们想望的快乐，我，他们的独子，也不免加添他们的烦愁，造作他们的痛苦，这又是为什么？在这里，我也是一般的不能恨，不能怨，更无从悔，我只是怅惘——我只能问。昨天我是个孩子，今天已是壮年：昨天腮边还带着圆润的笑涡，今天头上已见星星的白发；光阴带走的往迹，再也不容追赎，留下在我们心头的只是些挪揄的鬼影；我们在这道上偶尔停步回想的时候，只能投一个虚圈的"假使当初"，解嘲已往的一切。但已往的教训，即使有，也不能给我们利益，因为前途还是不减启程时的渺茫，我们还是不能选择自由的途径——到那天我们无形的解差喝住的时候，我们唯一的权利，我猜想，也只是再丢一个虚圈更大的"假使"，圆满这全程的寂寞，那就是止境了。

青年运动

　　我这几天是一个活现的Don Quixote，虽则前胸不曾装起护心镜，头顶不曾插上雉鸡毛，我的一顶阔边的"面盆帽"，与一根漆黑铄亮的手棍，乡下人看了已经觉得新奇可笑；我也有我的Sancho Panza，他是一个角色，会憨笑，会说疯话，会赌咒，会爬树，会爬绝壁，会背《大学》，会骑牛，每回一到了乡下或山上，他就卖弄他的可惊的学问，他什么树都认识，什么草都有名儿，种稻种豆，养蚕栽桑，更不用说，他全知道，一讲着就乐，一乐就开讲，一开讲就像他们田里的瓜蔓，又细又长又曲折又绵延（他姓陆名字叫炳生或是丙申，但是人家都叫他鲁滨孙）；这几天我到四乡去冒险，前面是我，后面就是他，我折了花枝，采了红叶，或是捡了石块（我们山上有浮石，掷在水里会浮的石块，你说奇不奇！）就让他扛着，问路是他的分儿，他叫一声大叔，乡下人谁都愿意与他答话；轰狗也是他的分儿，到乡下去最怕是狗，他们全是不躲懒的保卫团，一见穿大褂子的他们就起疑心，迎着你嗥还算是文明的盘问，顶英雄的满不开口望着你的身上直攻，那才麻烦，但是他有办法，他会念降狗咒，据他说一念狗子就丧胆，事实上并不见得灵验，或许狗子有秘密的破法也说不定，所以每回见了劲敌，他也免不了慌忙，他的长处就在与狗子对嗥，或是对骂，居然有的是王郎种，有时他骂上了劲，狗子倒软化了。但是我终不成，望见了狗影子就心虚，我是淝水战后的苻坚，稻草塍儿、竹篱笆，就够我的恐慌，有时我也学Don Quixote那劲儿，舞起我手里的梨花棒，喝一声孽畜好大胆，看棒！果然有几处大难让我顶潇洒的蒙过了。

我相信我们平常的脸子都是太像骡子——拉得太长；忧愁、想望、计算、猜忌、怨恨、懊怅、怕惧，都像魇魔似的压在我们原来活泼自然的心灵上，我们在人丛中的笑脸大半是装的，笑响大半是空的，这真是何苦来。所以每回我们脱离了烦恼打底的生活，接近了自然，对着那宽阔的天空，活动的流水，我们就觉得轻松得多，舒服得多。每回我见路旁的息凉亭中，挑重担的乡下人，放下他的担子，坐在石凳上，从腰包里掏出火刀、火石来，打出几簇火星，点旺一杆老烟，绿田里豆苗香的风一阵阵的吹过来，吹散他的烟氛，也吹燥了他眉额间的汗渍；我就感想到大自然调剂人生的影响；我自己就不知道曾经有多少自杀类的思想，消灭在青天里，白云间，或是像挑担人的热汗，都让凉风吹散了。这是大家都承认的，但实际没有这样容易。即使你有机会在息凉亭子里抽一杆潮烟，你抽完了烟，重担子还是要挑的，前面谁也不知道还有多少路，谁也不知道还有没有现成的息凉亭子，也许走不到第二个凉亭，你的精力已经到了止境，同时担子的重量是刻刻加增的，你那时再懊悔你当初不应该尝试这样压得死人的一个负担，也就太迟了！

我这一时在乡下，时常揣摩农民的生活，他们表面看来虽则是继续的劳瘁，但内里却有一种涵蓄的乐趣，生活是原始的，朴素的，但这原始性就是他们的健康，朴素是他们幸福的保障，现代所谓文明人的文明与他们隔着一个不相传达的气圈，我们的竞争、烦恼、问题、消耗，等等，他们梦里也不曾做过，我们的坠落、隐疾、罪恶、危险，等等，他们听了也是不了解的，像是听一个外国人的谈话。上帝保佑世上再没有懵懂的呆子想去改良，救渡，教育他们，那是间接的摧残他们的平安，扰乱他们的平衡，抑塞他们的生机！

需要改良与教育与救渡的是我们过分文明的文明人，不是他们。需要急救，也需要根本调理的是我们的文明，二十世纪的文明，不是洪荒太古的风俗，人生从没有受过现代这样普遍的咒诅，从不曾经历过现代这样荒凉的恐怖，从不曾尝味过现代这样恶毒的痛苦，从不曾发现过现代这样的厌世与怀疑。这是一个重候，医生说的。

人生真是变了一个压得死人的负担，习惯与良心冲突，责任与个性冲突，教育与本能冲突，肉体与灵魂冲突，现实与理想冲突，此外社会、政治、宗教、道德、买卖、外交，都只是混沌，更不必说。这分明不是一块青天，一阵凉风，一流清水，或是几片白云的影响所能治疗与调剂的；更不是宗教式的训道，教育式的讲演，政治式的宣传所能补救与济渡的。我们在这促狭的芜秽的狴犴中，也许有时望得见一两丝的阳光，或是像拜伦在*Chilion*那首诗里描写的，听着清新的鸟歌，但这是嘲讽，不是慰安，是丹得拉士（Tantalus）的苦痛，不是上帝的恩宠；人生不一定是苦恼的地狱。我们的是例外的例外。在葡萄丛中高歌欢舞的一种提昂尼辛的颠狂（Dionysian madness），已经在时间的灰烬里埋着，真生命活泼的血液的循环，已经被文明的毒质瘀住，我们仿佛是孤儿在黑夜的森林里呼号生身的爹娘，光明与安慰都没有丝毫的踪迹，所以我们要求的——如其我们还有胆气来要求——决不是部分的，片面的补苴。决不是消极的慰藉，决不是　夫的改革，决不是傀儡的把戏……我们要求的是，"彻底的来过"；我们要为我们新的洁净的灵魂造一个新的洁净的躯体，要为我们新的洁净的躯体造一个新的洁净的灵魂；我们也要为这新的洁净的灵魂与肉体造一个新的洁净的生活——我们要求一个"完全的再生"。

我们不承认已成的一切，不承认一切的现实；不承认现有的社会，政治、法律、家庭、宗教、娱乐、教育；不承认一切的主权与势力。我们要一切都重新来过：不是在书桌上治理国家，或是在空枵的理论上重估价值，我们是要在生活上实行重新来过，我们是要回到自然的胎宫里去重新吸收一番滋养，但我们说不承认已成的一切是不受一切的束缚的意思，并不是与现实宣战，那是最不经济也太琐碎的办法；我们相信无限的青天与广大的山林尽有我们青年男女翱翔自在的地域；我们不是要求篡取已成的世界，那是我们认为不可医治的。我们也不是想来试验新村或新社会，预备感化或是替旧社会做改良标本，那是十九世纪的迂儒的梦乡，我们也不打算进去空费时间的；并且那是训练童子军的性质，牺牲了多数人供一个人的幻想的试验的。我们的如其是一个运动，这决不是为青年的运动，而是青年自动的运动，青年自己的运动，只是一个自寻救渡的运动。

你说什么，朋友，这就是怪诞的幻想，荒谬的梦不是？不错，这也许是现代青年反抗物质文明的理想，而且我敢说多数的青年在理论上多表同情的；但是不忙，朋友，现有一个实例，我要顺便说给你听听，——如其你有耐心。

十一年前一个冬天在德国汉奴佛（Hanover）相近一个地方，叫做Cassel，有二千多人开了一个大会，讨论他们运动的宗旨与对社会、政治、宗教问题的态度，自从那次大会以后这运动的势力逐渐张大，现在已经有一百多万的青年男女加入——这就叫做Jugend bewegung "青年运动"，虽则德国以外很少人明白他们的性质，我想这不仅是德国人，也许是全欧洲的一个新生机。我们应得特别的注意。"西方文明的堕落只有一法可以挽救，就在继起的时代产生新的精神的与生命的势力。"这是福士德博士说的话，他是这青年运动里的一个领袖，他著一本书叫做《Jugendseele》，专论这运动的。

现在德国乡间常有一大群的少年男子与女子，排着队伍，弹着六弦琵琶唱歌，他们从这一镇游行到那一镇，晚上就唱歌跳舞来交换他们的住宿，他们就是青年运动的游行队，外国人见了只当是童子军性质的组织，或是一种新式的吉婆西（Gipsy），但这是仅见外表的话。

德国的青年运动是健康的年轻男女反抗现代的堕落与物质主义的革命运动，初起只是反抗家庭与学校的专权，但以后取得更哲理的涵义，更扩大反叛的范围，简直冲破了一切人为的限制，要赤裸裸的造成一种新生活。最初起的是加尔菲暄（Karl Fischer of Steglitz），但不久便野火似的烧了开去，现在单是杂志已有十多种，最初出的叫作《Wandervogel》。

这运动最主要的意义，是要青年人在生命里寻得一个精神的中心（the spiritual center of life），一九一三年大会的铭语是"救渡在于自己教育"（salvation lies in Self-Education）。"让我们重新做人，让我们脱离狭窄的腐败的政治组织。让我们抛弃近代科学专门的物质主义的小径，让我们抛弃无灵魂的知识钻研。让我们重新做活着的男子与女子。"他们并没有改良什么的方案，他们禁止一切有具体目的的运动；他们代表一种新发现的思路，他们旨意在于规复人生原有的精神的价值。"我们的大旨是在离却堕落的文明，回向自然的单纯，离却一切的外瞀，回向内心的自由，离却空虚的娱乐，回向真纯的欢欣，离却自私主义，回向友爱的精神，离却一切懈弛的行为，回向郑重的自我的实现。我们寻求我们灵魂的安顿，要不愧于上帝，不愧于己，不愧于人，不愧于自然。""我们即使存心救世，我们也得自己重新做人。"

这运动最显著亦最可惊的结果是确实的产生了真的新青年，在人群中很容易指出，他们显示一种生存的欢欣，自然的热心，爱自然与朴素，爱田野生活。他们不饮酒（德国人原来差不多没有不饮酒的），不吸烟，不沾城市的恶习。他们的娱乐是弹着琵琶或是拉着梵和玲唱歌，踏步游行跳舞或集会讨论宗教与哲理问题。跳舞最是他们的特色。往往有大群的游行队，徒步游历全省，到处歌舞，有时也邀本地人参加同乐——他们复活了可赞美的提昂尼辛的精神！

这样伟大的运动不能不说是这魕魕的世界里的一泻清辉，不能不说是对现代苟且的厌世的生活（你们不曾到过柏林与维也纳的不易想象）一个庄严的警告，不能不说是旧式社会已经蛀烂的根上重新爆出来的新生机，新萌芽；不能不说是全人类理想的青年的一个安慰，一个兴奋，为他们开辟了一条新鲜的愉快的路径；不能不说是一个新的洁净的人生观的产生。我们要知道在德国有几十万的青年男女，原来似乎命定做机械性的社会的终身奴隶，现在却做了大自然的宠儿，在宽广的天地间感觉新鲜的生命的跳动，原来只是屈伏在蠢拙的家庭与教育的桎梏下，现在却从自然与生活本体接受直接的灵感，像小鹿似的活泼，野鸟似的欢欣，自然的教训是洁净与朴素与率真，这正是近代文明最缺乏的原素，他们不仅开发了各个人的个性，他们也恢复了德意志民族的古风，在他们的歌曲、舞蹈、游戏、故事与礼貌中，在青年们的性灵中，古德意志的优美，自然的精神又取得了真纯的解释与标准。所以城市的生活的堕落，淫纵、耗费、奢侈、饰伪，以及危险与恐怖，不论他们传染性怎样的剧烈，再也沾不着洁净的青年，道德家与宗教家的教训只是消极的强勉的，他们的觉悟是自动的，自然的，根本的；这运动也产生了一种真纯的友爱的情谊，在年轻的男子与女子间，一种新来的大同的情感，不是原因于主义的激刺或党规的强迫，而是健康的生活里自然流露的乳酪，洁净是他们的生活的纤维，愉快是营养。

我这一点感想写完了，从我自己的野游蔓延到德国的青年运动，我想我再没有加案语的必要，我只要重复一句滥语——民族的希望就在自觉的青年。

关于女子

　　苏州！谁能想象第二个地名有同样清脆的声音，能唤起同样美丽的联想，除是南欧的威尼市或翡冷翠，那是远在异邦，要不然我们就得追想到六朝时代的金陵广陵或许可以仿佛？当然不是杭州，虽则苏杭是常常联着说到的；杭州即使有几分美秀，不幸都教山水给占了去，更不幸就那一点儿也成了问题：你们不听说雷峰塔已经教什么国术大力士给打个粉碎，西湖的一汪水也教大什么会的电灯给照干了吗？不，不是杭州；说到杭州我们不由的觉得舌尖上有些儿发锈。所以只剩了一个苏州准许我们放胆的说出口，放心的拿上手。比是乐器中的笙箫，有的是袅袅的余韵。比是青青的柏子，有的是沁人心脾的留香。在这里，不比别的地处，人与地，是相对无愧的；是交相辉映的。寒山寺的钟声与吴侬的软语一般的令人神往；虎丘的衰草与玄妙观的香烟同样的勾人留恋。

　　但是苏州——说也惭愧，我还是第二次到，初次来时只匆匆的过了一宵，带走的只有采芝斋的几罐糖果和一些模糊的印象。就这次来也不得容易。要不是陈淑先生相请的殷勤。——聪明的陈淑先生，她知道一个诗人的软弱，她来信只淡淡的说你再不来时天平山经霜的枫叶都要凋谢了——要不是她的相请的殷勤，我说，我真不知道几时才得偷闲到此地来，虽则我这半年来因为往返沪宁间每星期得经过两次，每星期都得感到可望而不可即的惆怅。为再到苏州来我得感谢她。但陈先生的来信却不单单提到天平山的霜枫，她的下文是我这半月来的忧愁：她要我来说话——到苏州来向女同学们说话！我如何能不忧愁？当然不是愁见诸位同学，我愁的是我现在这相儿，一个人孤伶伶的站在台上说话！我们这坐惯冷板凳日常说废话的所谓教授们最厌烦的，不瞒诸位说，这是我们自己这无可奈何的职务——说话（我再不敢说讲演，那样粗蠢的字样在苏州地方是说不出口的）。

就说谈话吧，再让一步，说随便谈话吧，我不能想象更使人窘的事情！要你说话，可不指定要你说什么，"随便说些什么都行"，那天陈先生在电话里说。你拿艳丽的朝阳给一只芙蓉或是一支百灵，它就对你说一番极美丽动听的话，即使它说过了你冒失的恭维它说你这"讲演"真不错，它也不会生气，也不会惭愧，但不幸我不是芙蓉更不是百灵。我们乡里有一句俗话说宁愿听苏州人吵架，不愿听杭州人谈话。我的家乡又不幸是在浙江，距着杭州近，离着苏州远的地处。随便说话，随你说什么，果然我依了陈先生扯上我的乡谈，恐怕要不到三分钟你们都得想念你们房间里备着的八封丹或是别的止头痛的药片了！

但陈先生非得逼我到，逼我献丑，写了信不够，还亲自到上海来邀。我不能不答应来。"但是我去说些什么呢，苏州，又是女同学们？"那天我放下陈先生的电话心头就开始踌躇。不要忙，我自己安慰自己说，在上海不得空闲，到南京去有一个下午可以想一想。那天在车上倒是有福气看到镇江以西，尤其是栖霞山一带的雪叶。虽则那早上是雾茫茫的，但雪总是好东西，它盖住地面的不平和丑陋，它也拓开你心头更清凉的境界，山变了银山，树成了玉树，窗以外是彻骨的凉，彻骨的静，不见一个生物，鸟雀们不知藏躲在那里，雪花密团团的在半空里转。栖霞那一带的大石狮子，雄踞在草亩里张着大口向着天的怪东西，在雪地里更显得白，更显得壮，更见得精神。在那边相近还有一座塔，建筑雕刻，都是第一流的美术，最使人想见六朝的风流，六朝的闲暇。在那时政治上没有统一的野心家，江以南，江以北，各自成家，汉也有，胡也有，各造各的文化。且不说龙门，且不说云冈，就这栖霞的一些遗迹，就这雄踞在草亩里的大石狮，已够使我们想见当时生活的从容，气魄的伟大，情绪的俊秀。

我们在现代感到的只是局促与匆忙。我们真是忙，谁都是忙。忙到倦，忙到厌。但忙的是什么？为什么忙？我们的子孙在一千年后，如其我们的民族再活得到一千年，回看我们的时代，他们能不能了解我们的匆忙？我们有什么东西遗留给他们可以使他们骄傲，宝贵，值得他们保存，证见我们的存在，认识我们的价值，可以使他们永久停留他们爱慕的纪念——如同那一只雄踞在草亩里的大石狮？我们的诗人文人贡献了些什么伟大的诗篇与文章？我们的建筑与雕刻，且不说别的，有那样可以留存到一百年乃至十五年而还值得一看的？我们的画家怎样描写宇宙的神奇？我们那一个音乐家是在解释我们民族的性灵的奥妙？但这时候我眼望着的江边的雪地已经戏幕似的变形成为北方赤地几千里的灾区，黄沙天与黄土地的中间只有惨淡的风云，不见人烟的村庄以及这里那里枝条上不留一张枯叶的林木。我也望得见几千万已死的将死的未死的人民，在不可名状的苦难中为造物主的地面上留下永久的羞耻。在他们迟钝的眼光中，他们分明说他们的心脏即使还在跳动他们已经失去感觉乃至知觉的能力，求生或将死的呼号早已逼死在他们枯竭的咽喉里；他们分明说生活、生命，乃至单纯的生存已经到了绝对的绝境，前途只是沙漠似的浩瀚的虚无与寂灭，期待着他们，引诱着他们，如同春光，如同微笑，如同美。我也望见钩结在连环战祸中的区域与民生；为了谁都不明白的高深的主义或什么的相互的屠杀，我也望见那少数的妖魔，踞坐在跸卫森严的魔窟中计较下一幕的布景与情节，为表现他们的贪，他们的毒，他们的野心，他们的威灵，他们手擎着全体民族的命运当作一掷的孤注。我也望见这时代的烦闷毒气似的在半空里没遮拦的往下盖，被牺牲的是无量数春花似的青年。这憧憬中的种种都指点着一个归宿，一个结局——沙漠似的浩瀚的虚无与寂灭，不分疆界永不见光明的死。

我方才不还在眷恋着文化的消沉吗？文化，文化，这呼声在这可怖的憧憬前，正如灾民苦痛的呼声，早已逼死在枯竭的咽喉里，再也透不出声音。但就这无声的叫喊已经在我的周围引起怪异的回响，像是哭，像是笑，像是鸱枭，像是鬼……

但这声响来源是我坐位邻近一位肥胖的旅伴的雄伟的呵欠。在这呵欠声中消失了我重叠的幻梦似的憧憬，我又见到了窗外的雪，听到车轮的响动。下关的车站已经到了。

我能把我这一路的感想拉杂来充当我去苏州的谈话资料吗，我在从下关进城时心里计较。秀丽的苏州，天真的女同学们，能容受这类荒伧，即使不至怪诞的思想吗？她们许因为我是教文学的想从我听一些文学掌故或文学常识。但教书是无可奈何，我最厌烦的是说本行话。他们又许因为我曾经写过一些诗是在期望一个诗人的谈话，那就得满缀着明月和明星的光彩，透着鲜花与鲜草的馨香，要不然她们竟许期待着雪莱的云雀或是济慈的夜莺。我的倒像是鸱枭的夜啼，不是太煞尽了风景？这我转念，或许是我的过虑，他们等着我去谈话正如他们每月或每星期等着别人去谈话一样，无非想听几句可乐的插科与诙谐，（如其有的话，那算是好的，）一篇，长或是短，勉励或训诲的陈腐（那是你们打呵欠乃至瞌睡的机会），或是关于某项专门知识的讲解（那你们先生们示意你们应得掏出铅笔在小本子上记下的）写了几句自己谦让道歉不曾预备得好的话，在这末尾与他鞠躬下台时你们多少酬报他一些鼓掌，就算完事一宗，但事实上他讲的话，正如讲的人，不能希望（他自己也不希望）在你们的脑筋里留有仅仅隔夜的印象，某人不是到你们这里来讲过的吗，隔几天许有人问。嘎，不错是有的，他讲些什么了？谁知道他讲什么来了，我一句也没有听进去；不是你提起，我忘都忘了我听过他讲那！

这是一班到处应酬讲演人的下场头。他们事实上也只配得这样的下场头。穷、窘、枯、干，同学们，是现代人们的生活。干、枯、窘、穷，同学们，是现代人们的思想。不要把上年纪的人们，占有名气或地位的人们看太高了，他们的苦衷只有他们上年纪的人自家得知，这年头的荒歉是一般的。

也不知怎的我想起来说些关于女子的杂话。不是女子问题。我不懂得科学，没有方法来解剖"女子"这个不可思议的现象。我也不是一个社会学家，搬弄着一套现成的名词来清理恋爱，改良婚姻或家庭。我也没有一个道学家的权威，来督责女子们去做良妻贤母，或奖励她们去做不良的妻不贤的母。我没有任何解决或解答的能力。我自己所知道的只是我的意识的流动，就那个我也没有支配的力量。就比是隔着雨雾望远山的景物，你只能辨认一个大概。也不知是那里来的光照亮了我意识的一角，给我一个辨认的机会，我的困难是在想用粗笨的语言来传达原来极微纤的印象，像是想用粗笨的铁针来绣描细致的图案。我今天所要查考的，所以，不是女子，更不是什么女子问题，而是我自己的意识的一个片段。

我说也不知怎的我的思想转上了关于女子的一路。最显浅的原由，我想，当然是为我到一个女子学校里来说话。但此外也还有别的给我暗示的机会。有一天我在一家书店门首见着某某女士的一本新书的广告，书名是"蠹鱼生活"。这倒是新鲜，我想，这年头有甘心做书虫的女子。三百年来女子中多的是良妻贤母，多的是诗人词人，但出名的书虫不就是一位郝夫人王照圆女士吗？这是一件事，再有是我看到一篇文章，英国一位名小说家做的，她说妇女们想从事著述至少得有两个条件：一是她得有她自己的一间屋子，这她随时有关上或锁上的自由；二是她得有五百一年（那合华银有六千元）的进益。她说的是外国情形，当然和我们的相差得远，但原则还不一样是相通的？你们或许要说外国女人当然比我们强，我们怎好跟她们比；她们的环境要比我们的好多少，她们的自由要比我们的大多少；好，外国女人，先让我们的男人比上了外国的男人再说女人吧！

可是你们先别气馁，你们来听听外国女人的苦处。在Queen Anne的时候，不说更早，那就是我们清朝乾隆的时候，有天才的贵族女子们（平民更不必说了）实在忍不住写下了些诗文就许往抽屉里堆着给蛀虫们享受，那敢拿著作公开给庄严伟大的男子们看，那不让他们笑掉了牙。男人是女人的"反对党"（The oppose faction），Lady Winchilsea说。趁早，女人，谁敢卖弄谁活该遭殃，才学那是你们的分！一个女人拿起笔就像是在做贼，谁受得了男人们的讥笑。别看英国人开通，他们中间多的是写《妇学篇》的章实斋。倒是章先生那板起道学面孔公然反对女人弄笔墨还好受些。他们的蒲伯，他们的John Gay，他们管爱文学有才情的女人叫做"蓝袜子"，说她们放着家务不管，"痒痒的就爱乱涂。"Margaret of Newcastle另一位才学的女子，也愤愤的说"女人像蝙蝠或猫头鹰似的活着，牲口似的工作，虫子似的死……"且不说男人的态度，女性自己的谦卑也是可以的。Dorothy Osburne那位清丽的书翰家一写到那位有文才的爵夫人就生气，她说，"那可怜的女人准是有点儿偏心的，她什么傻事不做倒来写什么书，又况是诗，那不太可笑了，要是我就算我半个月不睡觉我也到不了那个。"奥斯朋自己可没有想到自己的书翰在千百年后还有人当作宝贵的文学作品念着，反比那"有点儿偏心胆敢写书的女人"风头出得更大，更久！

　　再说近一点，一百年前英国出一位女小说家，她的地位，有一个批评家说，是离着莎士比亚不远的Jane Austen——她的环境也不见得比你们的强。实际上她更不如我们现代的女子。再说她也没有一间她自己可以开关的屋子，也没有每年多少固定的收入。她从不出门，也见不到什么有学问的人；她是一位在家里养老的姑娘，看到有限几本书，每大就在一间永远不得清静的公共起坐间里装作写信似的起草她的不朽的作品。"女人从没有半个钟头"，Florence Nightingale说，"女人从没有半个钟头可以说是她们自己的"。再说近一点，白龙德（Brontë）姊妹们，也何尝有什么安逸的生活。在乡间，在一个牧师家里，她们生，她们长，她们死。她们至多站在露台上望望野景，在雾茫茫的天边幻想大千世界的形形色色，幻想她们无颜色无波浪的生活中所不能的经验。要不是她们卓绝的天才，蓬勃的热情与超越的想象，逼着她们不得不写，她们也无非是三个平常的乡间女子，郁死在无欢的家里，有谁想得到她们——光明的十九世纪于她们有什么相干，她们得到了些什么好处？

说起来还是我们的情形比他们的见强那。清朝的大文人王渔洋、袁子才、毕秋帆、陈碧城都是提倡妇女文学最大的功臣。要不是他们几位间接与直接的女弟子的贡献，清朝一代的妇女文学还有什么可述的？要不是他们那时对于女子做诗文做学问的铺张扬厉，我们那位文史通义先生也不至于破口大骂自失身份到这样可笑的地步。他在《妇学》里面说：

> 近有无耻文人，以风流自命，蛊惑士女，大率以优伶杂剧所演才子佳人惑人。长江以南名门大家闺阁，多为所诱，征诗刻稿，标榜声名，无复男女之嫌，殆忘其身之雌矣。此等闺娃，妇学不修，岂有真才可取，而为邪人播弄，浸成风俗，人心世道，大可忧也。

章先生要是活到今天看见女子上学堂，甚至和男子同学，上衙门公司店铺工作和男子同事，进这个那个的党和男子同志，还不把他老人家活活的给气瘪了！

所以你们得记得就在英国，女权最发达的一个民族，女子的解放，不论那一方面，都还是近时的事情。女子教育算不上一百年的历史。女子的财产权是五十年来才有法律保障的。女子的政治权还不到十年。但这百年来女性方面的努力与成绩不能不说是惊人的。在百年以前的人类的文化可说完全是男性的成绩，女性即使有贡献是极有限的或至多是间接的，女子中当然也不少奇才异能，历史上不少出名的女子，尤其是文艺方面。希腊的沙浮至今还是个奇迹。中世纪的Hypatia，Heloise是无可比的。英国的依利萨伯，唐朝的武则天，她们的雄才大略，那一个男子敢不低头？十八世纪法国的沙龙夫人们是多少天才和名著的保姆。在中国，我们只要记起曹大家的汉书，苏若兰的回文，徐淑、蔡文姬、左九嫔的词藻，武曌的升仙太子碑，李若兰、鱼玄机的诗，李清照、朱淑真的词，明文氏的九骚——那一个不是照耀百世的奇才异禀。

这固然是，但就人类更宽更大的活动方面看，女性有什么可以自傲的？有女莎士比亚女司马迁吗？有女牛顿女倍根吗？有女柏拉图女但丁吗？就说到狭义的文艺，女性的成绩比到男性的还不是培塿比到泰山吗？你怪得男性傲慢，女性气馁吗？

在英国乃至在全欧洲，奥斯丁以前可以说女性没有一个成家的作者。从依利萨伯到法国革命，查考得到的女子作品只是小诗与故事。就中国论，清朝一代相近三百年间的女作家，按新近钱单夫人的《清闺秀艺文略》看，可查考的有二千三百十二人之多，但这数目，按胡适之先生的统计，只有百分之一的作品是关于学问，例如考据历史、算学、医术，就那也说不上有什么重要的贡献，此外百分之九十九都是诗词一类的文学，而且妙的地方是这些诗集诗卷的题名，除了风花雪月一类的风雅，都是带着虚心道歉的意味，仿佛她们都不敢自信女子有公然著作成书的特权似的，都得声明这是她们正业以外的闲情，本算不上什么似的，因之不是绣余，就是爨余，不是红余，就是针余，不是脂余梭余，就是织余绮余（陈圆圆的职业特别些，她的词集叫《舞余词》），要不然就是焚余烬余未焚未烧未定一类的通套，再

59

不然就是断肠泪稿一流的悲苦字样。（除了秋瑾的口气那是不同些）情形是如此，你怪得男性的自美，女性的气短吗？

但这文化史上女性远不如男性的情形自有种种的解释，自然的趋势，男性当然不能借此来证明女子的能力根本不如男子，女性也不能完成推托到男性有意的压迫。谁要奇怪女性的迟缓，要问何以女权论要等到玛丽乌尔夫顿克辣夫德方有具体的陈词，只须记得人权论本身也要到相差不远的日子才出世。人的思想的能力是奇怪的，有时他连窜带跳的在短时期内发见了很多，例如希腊黄金时代与近一百五十年来的欧洲，有时睡梦迷糊的在长时期一无新鲜，例如欧洲的中世纪或中国的明代。它不动的时候就像是冬天，一切都是静定的无生气的，就像是生命再不会回来，但它一动的时候那就比是春雷的一震，转眼间就是蓬勃绚烂的春时。在欧洲从亚理斯多德直到卢梭乃至叔本华，没有一个思想家不承认男女的不平等是当然的，绝对不值得并且也无从研究的；即使偶有几个天才不容自掩的女子，在中国我们叫作才女，那还是客气的，如同叫长花毛的鸭作锦鸡，在欧洲百年前叫做蓝袜子，那就不免有嘲笑的意思。但自从约翰弥勒纯正通达论妇女论的大文出世以来，在理论上，所有女性不如男性，或是女性不能和男性享受平等机会以及共同负责文化社会的生存与进步的种种谬见、偏见与迷信都一齐从此失去了根据，在事实上，在这百年来女性自强的努力也已经显明的证明，女性只要有同等的机会，不论在那样事情上都不能比男性不如；人类的前途展开了一个伟大的新的希望，就是此后文化的发展是两性共同的企业，不再是以前似的单性的活动。在这百年来虽则在别的方面人类依然不免继续他们的谬误、愚蠢、固执、迷信，但这百余年是可纪念的，因为这至少是一个女性开始光荣的世纪。在政治上，在社会上，在法律与道德上，在理论方面，至少女性已经争得与男性完全平等的地位。在事实上，女子的职业一天增多一天，我们现在不易想象一种职业男性可以胜任而女性不能的——也许除了实际的上战场去打仗，但这项职业我们都希望将来有完全淘汰的一天，我们决不希望温柔的女性在任何情形下转变成善斗杀的凶恶。文学与艺术不用说，女子是早就占有地位的，但近百年来的扩大也是够惊人的。诗人就说白郎宁夫人、罗刹蒂小姐、梅耐儿夫人三个名字已经是够辉煌的。小说更不用说，英美的出版界已有女作家超过男作家的趋势，在品质方面一如数量。I.A.George Eliot, George Sand, Brontë Sisters，近时如曼殊斐儿、薇金娜吴尔夫等等都是卓然成家，为文学史上增加光彩的作者。演剧方面如沙拉贝娜，Duse, Ellen Terry，都是人类永久不可磨灭的记忆。论跳舞，女子的贡献更分明的超过男子，我们不能想象一个男性的Isadora Duncan。音乐、画、雕刻，女子的出人头地的也在天天的加多，科学与哲学，向来是男性的专业，但跟着教育的发展，女子的贡献也在日渐的继长增高。你们只须记起Madame Curie就可以无愧。讲到学问，现在有那一门女子提不起来的。

但这情形，就按最先进几国说，至多也不过一百年来的事，然而成绩已有如此的可观。再过了两千年，我想，男子多半再不敢对女子表示性的傲慢。将来的女子自会有她们的莎士比亚、倍根、亚理斯多德、罗素，正如她们在帝王中有过依利萨伯、武则天，在诗人中有过白郎宁、罗刹蒂，在小说家中有过奥斯丁与白龙德姊妹。我们虽则不敢预言女性竟可以有完全超越男性的一天，但我们很可以放心的相信，此后女性对文化的贡献比现在总可以超过无量倍数，倒男子要担心到他的权威有摇动的危险的一天。

但这当然是说得很远的话。按目前情形，尤其是中国的，我们一方面固然感到女子在学问事业日渐进步的兴奋与快慰，但同时我们也深刻的感觉到种种阻碍的势力，还是很活动的存在着。我们在东方几乎事事是落后的，尤其是女子，因为历史长，所以习惯深，习惯深所以解放更觉费力。不说别的，中国女子先就忍就了几千年身体方面绝无理性可说的束缚，所以人家的解放是从思想作起点，我们先得从身体解放起。我们的脚还是昨天放开的，我们的胸还是正在开放中。事实上固然这一代的青年已经不至感受身体方面的束缚，但不幸长时期的压迫或束缚是要影响到血液与神经的组织的本体的。即如说脚，你们现有的固然是极秀美的天足，但你们的血液与纤维中，难免还留着几十代缠足的鬼影。又如你们的胸部虽已在解放中，但我知道有的年轻姑娘们还不免感到这解放是一种可羞的不便。所以单说身体，恐怕也得至少到你们的再下去三四代才能完全实现解放，恢复自然发长的愉快与美。身体方面已然如此，别的更不用说了。再说一个女子当然还不免做妻做母，单就生产一件事说，男性就可以无忌惮的对女性说"这你总逃不了，总不能叫我来替代你吧"！事实上的确有无数本来在学问或事业上已经走上路的女子，为了做妻做母的不可避免临了只能自愿或不自愿的牺牲光荣的成就的希望。这层的阻碍说要能完全去除，当然是不可能，但按现今种种的发明与社会组织与制度逐渐趋向合理的情形看，我们很可以设想这天然阻碍的不方便性消解到最低限度的一天。有了节育的方法，比如说，你就不必有生育，除了你自愿，如此一个女子很容易在她几十年的生活中匀出几个短期间来尽她对人类的责任。还有将来家庭的组织也一定与现在的不同，趋势是在去除种种不必要精力的消耗（如同美国就有新法的合作家庭，女子管家的担负不定比男子的重，彼此一样可以进行各人的事业）。所以问题倒不在这方面。成问题的是女子心理上母性的牢不可破，那与男子的父性是相差得太远了。我来举一个例。近代最有名的跳舞家Isadora Duncan在她的自传里说她初次生产时的心理，我觉得她说得非常的真。在初怀孕时她觉得处处的不方便，她本是把她的艺术——舞——看得比她的生命都更重要的，她觉得这生产的牺牲是太无谓了。尤其是在生产时感到极度的痛苦时（她的是难产）她是恨极了上帝叫女人担负这惨毒的义务；她差一点死了。但等到她的孩子一下地，等到看护把一个稀小的喷香的小东西偎到她身旁去吃奶时，她的快乐，她的感激，她的兴奋，她的母爱的激发，她说，简直是不可名状。在那时间她觉得生命的神奇与意义——这无上的创造——是绝对盖倒一切的，这一相比她原来看作比生命更重要的艺术顿时显得又小又浅，几于是无所谓的了。在那时间把母性的意识完全盖没了后天的艺术家的意识。上帝得了胜了！这，我说，才真是成问题，倒不在事实上三两个月的身体的不便。这根蒂深而力道强的母性当然是人生的神秘与美的一个重要成分，但它多少总不免阻碍女子个人事业的进展。

所以按理论说男女的机会是实在不易说成完全平等的，天生不是一个样子你有什么办法？但我们也只能说到此因为在一个女子，母的人格，母性的实现，按理是不应得与她个人的人格、个性的实现相冲突的。除了在不合理的或迷信打底的社会组织里，一个女子做了妻母再不能兼顾别的，她尽可以同时兼顾两种以上的资格，正如一个男子的父性并不妨害他的个性。就说Duncan，她不能不说是一个母性特强（因为情感富强）的一个女子，但她事实上并不曾为恋爱与生育而至放弃她的艺术的追求。她一样完成了她的艺术。此外做女子的不方便当然比男子的多，但那些都是比较不重要的。

我们国内的新女子是在一天天可辨认的长成，从数千年来有形与无形的束缚与压迫中渐次透出性灵与身体的美与力，像一支在箨裹中透露着的新笋。有形的阻碍，虽则多，虽则强有力，还是比较容易克除的，无形的阻碍，心理上，意识与潜意识的阻碍，倒反需要更长时间与努力方有解脱的可能。分析的说，现社会的种种都还是不适宜于我们新女子的长成的。我再说一个例，比如演戏，你认识戏的重要，知道它的力量。你也知道你有舞台表演的天赋。那为你自己，为社会，你就得上舞台演戏去不是？这时候你就逢到了阻力。积极的或许你家庭的守旧与固执。消极的或许你觅不到相当的同志与机会。这些就算都让你过去，你现在到了另一个难关。有一个戏非你充不可，比如说，那碰巧是个坏人，那是说按人事上习惯的评判，在表现艺术上是没有这种区分的，艺术须要你做，但你开始踌躇了。说一个实例，新近南国社演的《沙乐美》，那不是一个贞女，也不是一个节妇。有一位俞女士，她是名门世家的一位小姐，去担任主角。她只知道她当前表现的责任。事实上她居然排除了不少的阻难而登台演那戏了。有一晚她正演到要热慕的叫着"约翰我要亲你的嘴"，她瞥见她的母亲坐在池子里前排瞪着怒眼望着她，她顿时萎了，原来有热有力的音声与诗句几于嗫嚅的勉强说过了算完事。她觉得她再也鼓不起她为艺术的一往的勇气，在她母亲怒目的一视中，艺术家的她又萎成了名门世家事事依傍着爱母的小姐——艺术失败了！习惯胜利了！

所以我说这类无形的阻碍力量有时更比有形的大。方才说的无非是现成的一个例。在今日一个女子向前走一个步都得有极大的决心和用力，要不然你非但不上前，你难说还向后退——根性、习惯、环境的势力，种种都牵掣着你，阻拦着你。但你们各个人的成就或败于未来完全性的新女子的实现都有关系。你多用一分力，多打破一个阻碍，你就多帮助一分，多便利一分新女子的产生。简单说，新女子与旧女子的不同是一个程度，不定是种类的不同。要做一个新女子，做一个艺术家或事业家，要充分发展你的天赋，实现你的个性，你并没有必要不做你父母的好女儿，你丈夫的好妻子，或是你儿女的好母亲——这并不一定相冲突的（我说不一定因为在这发轫时期难免有各种牺牲的必要，那全在你自己判清了利弊来下决断）。分别是在旧观念是要求你做一个扁人，纸剪似的没有厚度没有血脉流通的活性，新观念是要你做一个真的活人，有血有气有肌肉有生命有完全性的！这有完全性要紧——的一个个人。这分别是够大的，虽则话听来不出奇。旧观念叫你准备做妻做母，新观念并不不叫你准备做妻做母，但在此外先要你准备做人，做你自己。从这个观点出发，别的事情当然都换了透视。我看占代留传下来的女作家有一个有趣味的现象。她们多半会写诗，就是说拿她们的心思写成可诵的文句。按传说说，至少一个女子的文才多半是有一种防身作用，比如现在上海有钱人穿的铁马甲。从《周南》的蔡人妻作的"　　三章"，《召南》申人女"行露三章"《卫》共姜"柏舟诗"，《陈风》"墓门"，陶婴"黄鹄歌"，宋韩凭妻"南山有乌"句乃至罗敷女"陌上桑"，都是全凭编了几句诗歌，而得幸免男性的侵凌的。还有卓文君写了"白头吟"，司马相如即不娶姨太太，苏若兰制了回文诗，扶风窦滔也就送掉他的宠妾。唐朝有几个宫妃在红叶上题了诗从御沟里放流出外因而得到夫婿的。（"一入深宫里，无由得见春。题诗花叶上，寄与接流人。"）此外更有多少女子作品不是慕就是怨。如是看来文学之于古代妇女多少都是与她们婚姻问题发生密切关系的。这本来是，有人或许说，就现在女子念书的还不是都为写情书的准备，许多人家把女孩送进学校的意思还不无非是为了抬高她在婚姻市场上的卖价？这类情形当然应得书篇似的翻阅过去，如其我们盼望新女子及早可以出世。

这态度与目标的转变是重要的。旧女子的弄文墨多少是一种不必要的装饰；新女子的求学问应分是一种发见个性必要的过程。旧女子的写诗词多少是抒写她们私人遭际与偶尔的情感；新女子的志向应分是与男子共同继承并且继续生产人类全部的文化产业。旧女子的字业是承认女子无才便是德的大条件而后红着脸做的事情，因而绣余炊余一流的道歉；新女子的志愿是要为报复那一句促狭的造孽格言而努力给男性一个不容否认的反证。旧女子有才学的理想是李易安的早年的生涯——当然不一定指她的"被翻红浪，起来慵自梳头"一类的艳思——嫁一个风流跌宕一如赵明诚公子的夫婿（"赖有闺房如学舍，一编横放两人看"）过一些风流而兼风雅的日子，新女子——我们当然不能不许她私下期望一个风流的有情郎（"易求无价宝，难得有情郎"），但我们却同时期望她虽则身体与心肠的温柔都给了她的郎，她的天才她的能力却得贡献给社会与人类。

我们病了怎么办

　　"在理想的社会中，我想，"西滢在闲话里说"医生的进款应当与人们的康健做正比例。他们应当像保险公司一样，保证他们的顾客的健全，一有了病就应当罚金或赔偿的。"在撒牟勃德腊（Samuel Butler）的乌托邦里，生病只当作犯罪看待，疗治的场所是监狱，不是医院，那是留着伺候犯罪人的。真的为什么人们要生病，自己不受用，旁人也麻烦？我有时看了不知病痛的猫狗们的快乐自在，便不禁回想到我们这造孽的文明的人类，且不说那尾巴不曾蜕化的远祖，就说湘西的苗子，太平洋群岛上的保立尼新人之类，他们所知道所受用的健康与安逸，已不是我们所谓文明人所能梦想。咳，堕落的人们，病痛变了你们的本分，至于健康，那是例外的例外了！

　　不妨事，你说，病了有医，有药，怕什么的？看近代的医学药学够多么飞快的进步？就北京说吧，顶体面顶费钱的屋子是什么？医院！顶体面顶赚钱的职业是什么？医生！设备、手术、调理、取费，没一样不是上乘！病，病怕什么的——只要你有钱，更好你兼有势！

　　是的，我们对科学，尤其是对医学的信任，是无涯涘的；我们对外国人，尤其是对西医的信仰，是无边际的。中国大夫其实是太难了，开口是玄学，闭口也还是玄学，什么脾气侵肺，肺气侵肝，肝气侵肾，肾气又回侵脾，有谁，凡是有哀皮西脑筋的，听得惯这一套废话？冲他们那寸把长乌木镶边的指甲，鸦片烟带牙污的口气，就不能叫你放心，不说信任！同样穿洋服的大夫们够多漂亮，说话够多有把握，什么病就是什么病，该吃黄丸子的就不该吃黑丸子，这够多干脆，单冲他们那身上收拾的干净，脸上表情的镇定与威权，病人就觉得爽气得多！"医者意也"是一句古话；但得进了现代的大医院，我们才懂得那话的意思。

多谢那些平均算一秒钟滚进一只金元宝之类的大大王们，他们有了钱没法用就想"留芳"，正如做皇帝的想成仙，拿了无数的钱分到苦恼的半开化的民族的国度里，造教堂推广福音来救度他们的灵魂，造医院推广仁术来救度他们的病痛。而且这也不是白来；他们往回收的不是名，就是利，很多时候是名利双收。为什么不，我有了钱也这么来。

我个人向来也是无条件信仰西洋医学，崇拜外国医院的，但新近接连听着许多话不由我不开始疑问了。我只说疑问，不说停止崇拜，那还远着那。在北京有的医院别号是"高等台基"，有的雅称是某大学分院，这已够新鲜，但还不妨事，医院是医病的机关，只要它这一点能名副其实的做到，你管得它其他附带的作用。但在事实上可巧它们往往是在最主要的功用上使我们失望，那是我们为全社会计，为它们自身名誉计，有时不得不出声来提醒它们一声。我们只说提醒，决不敢用忠告甚至警告责备一类的字样；因为我们怎能不感念他们在这里方便我们的好意？

我们提另来说协和。因为协和，就我所知道的，岂不是在本城的医院中算是资本最雄厚，设备最丰富，人才最济济的一个机关？并且它也是在办事上最认真的一个地方，我们可以相信。它一年所花的钱，一年所医治的人，虽则我不知实在，想来一定是可惊的数目。但我们要看看它的成绩。说来也怪，也许原因是人们的本性是忘恩，也许它的"人缘"特别不佳，凡是请教过协和的病人，就我所知，简直可说是一致，也许多少不一，有怨言。这怨言的性质却不一致，综了说有这几种：

（一）种族界限　这是说看病先看你脸皮是白是黄：凡是外国人，说句公平话，他们所得的待遇就应有尽有，一点也不含糊，但要是不幸你是黄脸的，那就得趁人夫们的高兴了，他们爱怎么样理你就怎么样理你。据说院内雇用的中国人，上自助手下至打扫的，都在说这话——中外国病人的分别大着那！原来是，这是有根据的，诺狄克民优胜的谬见一天不打破，我们就得一天忍受这类不平等的待遇。外国医院设在中国的，第一个目的当然是伺候外国人，轮得着你们，已算是好了，谁叫你们自不争气，有病人自己不会医！

（二）势力分别　同是中国人，还有分别；但这分别又是理由极充分的：有钱有势的病人照例得着上等的待遇，普通乃至贫苦的病人只当得病人看。这是人类的通性什么地方什么时候都有表见的，谁来低哆谁就没有幽默，虽则在理论上说，至少医院似乎应分是"一视同仁"的。我们听见过进院的产妇放在屋子里没有人顾问，到时候小孩子自己下来了，医生还不到一类的故事！

（三）科学精神　这是说拿病人当试验品，或当标本看。你去看你的眼，一个大夫或是学生来检看了一下出去了；二、一个大夫或是

69

学生又来查看了一下出去了；三、一个大夫或是学生再来一次，但究竟谁负责看这病，你得绕大弯儿才找得出来，即使你能的话。他们也许是为他们自己看病来了，但很不像是替病人看病。那也有理，但在这类情形之下，西滢在他的闲话说得趣，付钱的应分是医院，不该是病人！

（四）大意疏忽　一般人的逻辑是不准确的，他们往往因为一个医生偶尔的疏忽便断定他所代表的学理与方法是要不得的。很多人从极细小题外的原因推定科学的不成立。这是危险的。就医病说，从新医术跳回党参黄岐，从党参黄岐跳回祝由科符水，从符水到请猪头烧纸，是常见的事；我们忧心文明，期望"进步"的不该奖励这类"开倒车"的趋向。但同时不幸对科学有责任的新派大夫们，偏容易大意，结果是多少误事。查验的疏忽，诊断的错误，手术的马虎，在在是使病人失望的原因。但医院是何等事，一举措间的分别可以交关人命，我们即使大量，也不能忍受无谓的灾殃。

最近一个农业大学学生的死，据报载是：（一）原因于不及时医治；（二）原因于手术时不慎致病菌入血。这类的情形我们如何能不抗议？

再如梁任公先生这次的白丢腰子，几乎是太笑话了。梁先生受手术之前，见着他的知道，精神够多健旺，面色够光采。协和最能干的大夫替他下了不容疑义的诊断，说割了一个腰子病就去根。腰子割了，病没有割。那么病原在牙；再割牙，从一根割起割到七根，病还是没有割。那么病在胃吧；饿瘪了试试——人瘪了，病还是没有瘪！那究竟为什么出血呢？最后的答话其实是太妙了，说是无原因的出血：Essential Hoematuria。所以闹了半天的发见是既不是肾脏肿疡

(Kidney Tumor)，又不是齿牙一类的作祟；原因是无原因的！我们是完全外行，怎懂得这其中的玄妙，内行错了也只许内行批评，那轮着外行多嘴！但这是协和的责任心。这是他们的见解，他们的本领手段！

后面附着梁仲策先生的笔记，关于这次医治的始末，尤其是当事人的态度，记述甚详，不少耐人寻味的地方，你们自己看去，我不来多加案语。但一点是分明的，协和当事人免不了诊断疏忽的责备。我们并不完全因为梁先生是梁先生所以特别提出讨论，但这次因为是梁先生在协和已经是特别卖力气，结果尚不免几乎出大乱子，我们对于协和的信仰，至少我个人的，多少不免有修正的必要了。"尽信医则不如无医"，诚哉是言也！但我们却不愿一班人因此而发生出轨的感想：就是对医学乃至科学本身怀疑，那是错了，当事人也许有时没交代，但近代医学是有交代的，我们决不能混为一谈。并且外行终究是外行，难说梁先生这次的经过，在当事人自有一种折服人的说法，我们也不得而知。但假如有理可说的话，我们为协和计，为替梁先生割腰子的大夫计，为社会上一般人对协和乃至西医的态度计，正巧梁先生的医案已经几于尽人皆知，我们即不敢要求，也想望协和当事人能给我们一个相当的解说。让我们外行借此长长见识也是好的！

要不然我们此后岂不个个人都得踌躇着：

我们病了怎么办？

论自杀

一 读桂林梁巨川先生遗书

前七年也是这秋叶初焦的日子，在城北积水潭边一家临湖的小阁上伏着一个六十老人；到深夜里邻家还望得见他独自挑着荧荧的灯火，在那小楼上伏案疾书。

有一天破晓时他独自开门出去，投入净业湖的波心里淹死了。那位自杀的老先生就是桂林梁巨川先生，他的遗书新近由他的哲嗣焕鼐与漱冥两先生印成六卷共四册，分送各公共阅览机关与他们的亲友。

遗书第一卷是"遗笔汇存"，就是巨川先生成仁前分致亲友的绝笔，共有十七缄，原迹现存彭冀仲先生别墅楼中（我想一部分应归京师图书馆或将来国立古物院保存），这里有影印的十五缄；遗书第二卷是先生少时自勉的日记（"感叩山房日记"节钞一卷）；第三卷"侍疾日记"是先生侍疾他的老太太时的笔录；第四卷是辛亥年的奏疏与民国初年的公牍；第五卷"伏卵录"是先生从学的札记；末第六卷"别竹辞花记"是先生决心就义前在缨子胡同手建的本宅里回念身世的杂记二十余则，有以"而今不可得矣"句作束的多条。

　　梁巨川先生的自杀在当时就震动社会的注意。这是倡言打破偶像主义与打破礼教束缚的新青年，也表示对死者相当的敬意，不完全驳斥他的自杀行为。陈独秀先生说他"总算是为救济社会而牺牲自己的生命，在旧历史上真是有数人物……言行一致的……身殉了他的主义"，陶孟和先生在那篇《论自杀》是完全一个社会学者的看法；他的态度是严格批评的。陶先生分明是不赞成他自杀的；他说他"政治观念不清，竟至误送性命，够怎样的危险啊！"陶先生把性命看得很重。"自杀的结果是损失一个生命，并且使死者之亲族陷于穷困……影响是及于社会的。"一个社会学家分明不能容许连累社会的自杀行为。"但是梁先生深信自杀可以唤起国民的爱国心"；"为唤醒国民的自杀"，陶先生那篇论文的结句说，"是借着断绝生命的手段做增加生命的事，岂能有效力吗？"

　　"岂能有效力吗"？巨川先生去世以来整整有七年了。我敢说我们都还记得曾经有这么一回事。他为什么要自杀？一般人的答话，我猜想，一定说他是尽忠清室，再没有别的了。清室！什么清室！今天故宫博物院展览，你去了没有？坤寿宫里有溥仪太太的相片，长得真不错，还有她的亲笔英文，你都看了没有？那老头多傻！这二十世纪还来尽忠！白白的淹死了一条老命！

　　同时让我们来听听巨川自表的话：——

　　　　我身值清朝之末，故云殉清；其实非以清朝为本位，而以幼年所学为本位。……幼年所闻以对于世道有责任为主义，此主义深印于吾脑中，即以此主义为本位故不容不殉。

殉清又何言非本位？曰义者天地间不可歇绝之物，所以保全自身之人格，培补社会之元气，当引为自身当行之事，非因外势之牵迫而为也……诸君试思今日世局因何故而败坏至于此极。正由朝三幕四，反复无常，既卖旧君，复卖良友，又卖主帅，背弃平时之要约，假托爱国之美名，受金钱收买，受私人嗾使，买刺客以坏长城，因个人而破大局，转移无定，面目靦然。由此推行，势将全国人不知信义为何物，无一毫拥护公理之心，则人既不成为人。国焉能成为国……此鄙人所以自不量力，明知大势难救，而捐此区区，聊为国性一线之存也。

……辛亥之役无捐躯者为历史缺憾，数年默审于心，今更得正确理由，曰不实行共和爱民之政（口言平民主义之官僚，锦衣玉食，威福自雄，视人民皆为奴隶，民德堕落，民生凋穷，南北分裂，实在不成事体），辜负清廷禅让之心。遂于戊午年十月初六夜或初七晨赴积水潭南岸大柳根一带身死……

由这几节里，我们可以看出巨川先生的自杀，决不是单纯的"尽忠"；即使是尽忠，也是尽忠于世道（他自己说）。换句话说，他老先生实在再也看不过革命以来实行的，也最流行的不要脸主义；他活着没法子帮忙，所以决意牺牲自己的性命，给这时代一个警告，一个抗议。"所欲有甚于生者"，是他总结他的决心的一句话。

这里面有消息，巨川先生的学力、智力，在他的遗著里可以看出，决不是寻常的；他的思想也绝对不能说叫旧礼教的迷信束缚住了的。不，甚至他的政治观念，虽则不怎样精密，怎样高深，却不能说他（像陶先生说他）是"不清"，因而"误送了命"。不；如其曾经有一个人分析他自己的情感与思路的究竟，得到不可避免自杀的结论，因而从容的死去，那个人就是梁巨川先生。他并不曾"误送了"

他的命。我们可以相信即使梁先生当时暂缓他的自杀，去进大学校的法科，理清他所有的政治观念（我敢说梁先生就在老年，他的理智摄收力也决不比一个普通法科学生差）；——结果积水潭大柳根一带还是他的葬身地。这因为他全体思想的背后还闪亮着一点不可错误的什么——随你叫他"天理"、"义"、信念、理想，或是康德的道德范畴——就是孟子说的"甚于生"的那一点，在无形中制定了他最后的惨死，这无形的一点什么，决不是教科书知识所可淹没，更不是寻常教育所能启发的。前天我正在讲起一民族的国民性，我说"到了非常的时候它的伟大的不灭的部分，就在少数或是甚至一二人的人格里，要求最集中最不可错误的表现……因此在一个最无耻的时代里往往诞生出一两个最知耻的个人，例如宋末有文天祥，明末有黄梨洲一流人。在他们几位先贤，不比当代看得见的一群遗老与新少，忠君爱国一类的观念脱卸了肤浅字面的意义，却取得了一种永久的象征的意义，……他们是为他们的民族争人格，争'人之所以为人'……在他们性灵的不朽里呼吸着民族更大的性灵"。我写那一段的时候并不曾想起梁巨川先生的烈迹，却不意今天在他的言行里（我还是初次拜读他的遗著）找到了一个完全的现成的例证。因此我觉得我们不能不尊敬梁巨川自杀的那件事实，正因为我们尊敬的不是他的单纯自杀行为的本体，而是那事实所表现的一点子精神。"为唤醒国民的自杀，"陶孟和先生说，"是借着断绝生命的手段做增加生命的事"；粗看这话似乎很对，但是话里有语病，就是陶先生拢统的拿生命一个字代表截然不同的两件事：他那话里的第一个生命里指个人躯壳的生存，那是迟早有止境的，他的第二个生命是指民族或社会全体灵性的或精神的生命，那是没有寄居的躯壳同时却是永生不灭的。至于实际上有效

75

力没有效力，那是另外一件事又当别论的。但在社会学家科学的立场看来，他竟许根本否认有精神生命这回事，他批评一切行为的标准，只是它影响社会肉眼看得见暂时的效果；我们不能不羡慕他的人生观的简单、舒服、便利，同时却不敢随声附和。当年钱牧斋也曾立定主意殉国，他雇了一只小船，满载着他的亲友，摇到河身宽阔处死去，但当他走上船头先用手探入河水的时候他忽然发明"水原来是这样冷的"的一个真理，他就赶快缩回了温暖的船舱，原船摇了回去。他的常识多充足，他的头脑多清明！还有吴梅村也曾在梁上挂好上吊的绳子，自己爬上了一张桌子正要把脖子套进绳圈去的时候，他的妻子家人跪在地下的哭声居然把他生生的救了下来。那时候吴老先生的念头，我想竟许与陶先生那篇论文里的一个见解完全吻合："自杀的结果是损失一个生命，并且使死者的亲属陷于穷困之影响是及于社会的。"还是收拾起梁上的绳子好好伴太太吃饭去吧。这来社会学者的头脑真的完全占了实际的胜利，不曾误送人命哩！固然像钱吴一流人本来就没有高尚的品格与独立的思想，他们的行为也只是陶先生所谓方式的，即使当时钱老先生没有怪嫌水冷居然淹了进去，或是吴先生硬得过妻子们的哭声，居然把他的脖子套进了绳圈去勒死了——他们的自杀也只当得自杀，只得与殉夫殉贞节一例看，本身就没有多大精神的价值，更说不上增加民族的精神的生命。但他们这要死又缩回来不死，可真成了笑话——不论它怎样暗合现代社会学家合理的论断。

顺便我倒又想起一个近例。就比如蔡孑民先生在彭允彝时代宣言，并且实行他的不合作主义，退出了混浊的北京，到今天还淹留在外国。当初有人批评他那是消极的行为。胡适之先生就在《努力》上发表了一篇极有精彩的文章——《蔡元培是消极吗？》——说明蔡先生的态度正是在那时情况下可能的积极态度，涵有进取的，抗议的精神，正是昏朦时代的一声警钟。就实际看，蔡先生这走的确并不曾发生怎样看得见的效力；现在的政治能比彭允彝时期清明多少是问题，现在的大学能比蔡先生在时干净多少是问题。不，蔡先生的不合作行为并不曾发生什么社会的效果。但是因此我们就能断定蔡先生的出走，就比如梁巨川先生的自杀，是错误吗？不，至少我一个人不这么想。我当时也在《努力》上说了话，我说"蔡元培所以是个南边人说的'戆大'，愚不可及的一个书呆子，卑污苟且社会里的一个最不合时宜的理想者。所以他的话是没有人能懂的；他的行为只有极少数人——如真有——敢表同情的；他的主张，他的理想，尤其是一盆飞旺的炭火，大家怕炙手，如何敢去抓呢？""小人知进而不知退""不忍为同流合污之苟安""不合作"，"为保持人格起见"，"生平仅知是非公道，从不以人为单位"——这些话有多少人能懂，有多少人敢懂？这样的一个理想主义者非失败不可，因为理想主义者总是失败的。若然理想胜利，那就是卑污苟且的社会政治失败——那是一个过于奢侈的希望了。

　　我先前这样想，现在还是这样想。归根一句话，人的行为是不可以一概而论的；有的，例如梁巨川先生的自杀，甚至蔡先生的不合作，是精神性的行为，它的起源与所能发生的效果，决不是我们常识所能测量，更不是什么社会的或是科学的评价标准所能批判的。在我们一班信仰（你可以说迷信）精神生命的痴人，在我们还有寸土可守的日子，决不能让实利主义的重量完全压倒人的性灵的表现，更不能容忍某时代迷信（在中世是宗教，现代是科学）的黑影完全淹没了宇宙间不变的价值。

二 再论梁巨川先生的自杀

志摩：

　　你未免太挖苦社会学的看法了。我的那篇没有什么价值的旧作是不是社会学的或科学的看法，且不必管，但是你若说社会学家科学的人生观是"简单"、"舒服"、"便利"，我却不敢随声附和，我有点替社会科学抱不平。我现在还没有工夫替社会科学做辩护人，我且先替我自己说几句吧。

　　在我读你的在今日（十月十二日）《晨报副刊》的大作之先，我也正读了梁漱冥先生送给我的那部遗书。我这次读了巨川先生的年谱，辛壬类稿的跋语、伏卵录、别竹辞花记几种以后，我对于巨川先生坚强不拔的品格，谨慎廉洁的操行，忠于戚友的热诚，益加佩服。在现在一切事物都商业化的时代里，竟有巨川先生这样的人，实在是稀有的现象。我虽然十分的敬重巨川先生，我虽然希望自己还有旁人都能像巨川先生那样的律己，对于父母、家庭、朋友、国家或主义那样的忠诚，但是我总觉得自杀不应该是他老先生所采取的办法。

　　志摩，你将来对于自杀或者还有什么深微奥妙的见解，像我这样浅见的人，总以为自杀并不是挽救世道人心的手段。我所不赞成的是消极的自杀，不是死。假使一个人为了一个信仰，被世人杀死，那是一个奋斗的殉道者的光荣的死，这是我所钦佩的。假使一个人因为自己的信仰，不为世人所信从，竟自己将自己的生命断送，这是一种消极的行为，是失败后的愤激的手段，虽然自杀者自己常声明说这个死是为的要唤醒同胞。假使一个医生因为设法支配微生物，反为微生物侵入身体内部而死，这是科学家牺牲的精神，这是最可景仰的行为。假使一个军官因为他的军人都不听从他的命令，他想要用他的自己的死感化他们，叫他们听从，这未免有点方法错误。我觉得巨川先生的死是这一类。

　　为唤醒一个人，一个与自己极有关系的人，用"尸谏"或者可以一时的有效。至于挽回世道人心总不是尸谏所能奏功的。

世界上曾有一个大教主是用死完成他的大功业的，他就是耶稣。但是耶稣并不是自杀。他的在十字架上的死，是证明他的卫道的忠心，而他的徒弟们采用唯理的解释法说他是为人类赎罪孽。

一般的说来，物理的生命是心理的生命的一个主要条件。没有身体那里还有理想呢？诚然，在世界上也常有身体消灭反能使理想生存的时候。苏格拉底饮鸩而哲学的思想大昌。文天祥遇害而忠气亘古今。但是所谓"杀身成仁"只限于杀身是奋斗的必不可免的结果的时候。杀身有种种的情形，有种种的方法，绝不是凡是杀身都是成仁的，更不是成仁必须杀身的。

但是，志摩：你千万不要以为这个见解就是爱惜生命，而不爱惜主义或理想。爱惜生命正是因为爱惜一种主义。志摩：假使你有一个理想是你认为在你的生命的价值以上无数倍的，你怎样想得到那个理想？你用自杀的方法去得到那个理想呢？你还是活着用种种的方法去得到那个理想呢？假使你——或随便一个男子恋爱了一个女子，好像丹梯的爱毗亚特里斯，或哥德小说中少年维持爱夏罗特（我举这个例，但是不要忘记维特的苦恼不过是一本小说，并且他的恋爱又有复杂的情形），这个男子用自杀的方法赢取那女子的爱呢，还是用种种恋爱的行为与表示去赢取那女子的爱呢？这个男子在有的时候或者以为即使他自己失去了生命，果然那女子能对于他有爱意，他也情愿，他也就达到了他的理想，但是像我这样的俗人，你或者称为一个功利主义者，总觉得这不过是失望者的自己安慰自己，与恋爱的本意不同。

我也并不是根本的反对自杀，我承认各人有自杀的自由，但是如以改良社会，挽回世道人心或忠于一种主义、信仰，或精神的生命为志愿，便不应该自杀，因为自杀与这些种志愿是相矛盾的。凡是志愿必须活着的人努力才有达到的希望，如巨川先生一生高洁的救世的行为尚不能唤起多人的注意与摹仿，他老先生的一死会可以唤醒全世人吗？即使他老先生的自杀一时的可以警醒了许多人，那也不过是一般人一时的感情的表现，人类本能的爱惜生命的感情的表现，又于世道人心有什么关系呢？无论巨川先生的志愿是救世，或是醒世，都必须积极努力，以本人为始，联合无数人努力的做去。救世或醒世没有捷径的，只有持久不懈的努力。我钦佩巨川先生之余还不得不说他老先生的自杀实是一个遗憾。这或者是因为我曾进过大学法科的缘故！

孟和十月十二日

陶孟和先生是我们朋辈中的一位隐士：他的家远在北新桥的北面；要不是我前天无意中从尘封的书堆里检出他的旧文来与他挑衅，他的矜贵的墨沈是不易滴落到宣武门外来的。我想我们都很乐意有机会读陶先生的文章，他的思路的清澈与他文体的从容永远是读者们的一个有利益的愉快。这里再用不着我的不识趣的蛇足。我也不须答辩；陶先生大部分的见解都是我最同意的。活着努力，活着奋斗，陶先生这样说，我也这样说。我又不是干傻子，谁来提倡死了再去奋斗？——除非地下的世界与地上的世界同样的不完全。不，陶先生不要误会，我并不曾说自杀是"改良社会，挽回世道人心"的一个合理办法。我只说梁巨川先生见到了一点，使他不得不自杀；并且在他，这消极的手段的确表现了他的积极的目的；至于实际社会的效果，不但陶先生看不见，就我同情他自杀的一个也是一样的看不见。我的信仰，我也不怕陶先生与读者们笑话，我自认永远在虚无缥缈间。

志摩附言

三　再论自杀

陈衡哲女士来信：

志摩：到京后尚不曾以只字奉助，惭愧得很。但你们的副刊真不错，我读了叔本华的《妇女论》，张陈两先生的苏俄论辩，以及你和孟和先生的论自杀，都感觉到一种激刺，觉得非也说两句话不行。这三个题目岂不都是很值得讨论的吗？但苏俄及妇女论的两个题目太大了；虽然他们都在逼着我讲话，但我却尚只得忍耐着。现在且抄一首关于自杀的旧作给你和副刊的读者看看。你我当记得，叔永的兄弟任季彭，是为袁世凯要作皇帝，投入西湖的葛洪井而死的。这首诗是我对于这件事的一点意见；这个意思至今还不曾改变。请你注意，我的着眼处，乃在自杀的愿念；因为自杀的愿念，未必定等于自杀的行为。比如无此愿念而愿效此行为，则结果便不免要如钱牧斋的闹笑话；有此愿念而暂时无此行为，则结果即不能杀身成仁，至少也能增加不少无畏的精神，至少可以不怕死。此意不知你与孟和先生以为何如？原诗附后。衡哲谨白

吾闻任子，
愤世自裁。
任子如未死，
今日此生当属谁？
浏阳谭子昔有言：
　"吾死者屡今幸存，
　此生不应复我有。"
生非我有无我相，
何汤不赴火不走？
呜呼！
自杀之行不足美，
自杀之愿乃可念：
譬如人人皆能怀愿如任子，

世又安有畏葸之细士?

　　我不很明白陈女士这里"自杀的愿念"的意义。乡下人家的养媳妇叫婆婆咒了一顿就想跳河死去;这算不算自杀的愿念?做生意破了产没面目见人想服毒自尽;这是不是自杀的愿念?有印度人赤着身子去喂恒河里的鳄鱼;有在普渡山舍身岩上跳下去粉身碎骨的;有跟着皇帝死为了丈夫死的各种尽忠与殉节;有文学里维特的自杀;奥赛洛误杀了玳思玳蒙娜的自杀,露米欧殉情的自杀,玖丽亚从棺材里醒过来后的自杀……如其自杀的意义只是自动的生命的舍弃,那上面约举的各种全是自杀,从养媳妇跳河起到玖丽亚服毒止,全是的。但这中间的分别多大:乡下死了一个养媳妇我们至多觉着她死得可怜,或是我们听得某处出了节烈,我们不仅觉得怜,并且觉得愤:"咦,礼教又吃了一条命!"但我们在莎士比亚戏里看到玖丽亚的自杀或是在葛德的小说里看到维特的自杀,我们受感动(天生永远不会受感动的人那就没法想,而且这类快活人世上也不少!)的部分不是我们浮面的情感,更不是我们的理智,而是我们轻易不露面的一点子性灵。在这种境地一切纯理的准绳与判断完全失却了效用,像山脚下的矮树永远够不到山顶上吞吐的白云。玖丽亚也许痴。但她不得不死,假如玖丽亚从棺材里醒回来见露米欧毒死在她的身旁她要是爬了起来回家另听父母替她择配去,你看客答应不答应?虽则你明知道(在想象中)那样可爱一个女孩白白死了是怪可惜的——社会的损失!再比如维特也许傻,真傻,但他,缚住在他的热情的逻辑内,也不得不死,假如维特是孟和先生理想的合理的爱者而不是葛德把他写成那样热情的爱者,他在得到了夏洛德真爱他的凭据(一度亲吻)以后,就该堂皇的要求她的丈夫正式离婚，或是想法叫夏洛德跟他私奔，成全他们俩在地面上的恋爱——你答应不答应？办法当然是办法，但维特却不成"维特"了，葛德那本小书，假如换一个更"合理"的结局，我们可以断言，当年就不会轰动全欧，此时也决不会牢牢的留传在人的记忆中了。

所以自杀照我看是决不可以一概论的，虽则它那行为结果只是断绝一个身体的生命。自杀的动机与性质太不同了，有的是完全愚暗，有的是部分思想不清，有的是纯感情作用，有的殉教，有的殉礼，有的殉懦怯，有的殉主义。有的我们绝对鄙薄，有的我们怜悯，有的使我们悲愤，有的使我们崇拜。有的连累自杀者的家庭或社会；有的形成人类永久的灵感。"死有轻于鸿毛，有重于泰山"，这一句话概括尽了。

但是我们还不曾讨论出我们应得拿什么标准去评判自杀。陶孟和先生似乎主张以自杀能否感化社会为标准（消极的自杀当然是单纯懦怯，不成问题）。陈衡哲女士似乎主张自杀的发愿或发心在当事人有提高品格的影响。我答陶先生的话是社会是根本不能感化的，圣人早已死完了，我们活着都无能为力。何况断气以后，陶先生的话对的。陈女士的发愿说亦似不尽然。你说曾经想自杀而不能实行的人，就会比从没有想过自杀的人不怕死，更有胆量？我说不敢肯定这一说。就说我自己，并且我想在这时代十个里至少九个半的青年，曾经不但想而且实际准备过自杀，还不止一次；但却不敢自信我们因此就在道德上升了格。不再是"畏葸的细士"。不，我想单这发愿是不够的，并且我们还得看为什么发愿。要不然乡下养媳妇几乎没有不想寻死过的，这也是发愿，可有什么价值？反面说，玖丽亚与维特事前并不存心死，他们都要认真的活，但他们所处的境地连着他们特有的思想的逻辑逼迫他们最后的舍生，他们也就不沾恋，我们旁观人感受的是一种纯精神性的感奋，道德性的你也可以说，但在这里你就说不上发愿不发愿。热恋中人思想的逻辑是最简单不过的：我到生命里来求爱，现在我在某人身上发见了一生的大愿，但为某种不可克胜的阻力我不能在活着时实现我的心愿，因此我勉强活着是痛苦，不如到死的境界里去求平安，我就自杀吧。他死因为他到了某时候某境地在他是不得不死。同样的，你一生的大愿如其是忠君或是爱国，或是别的什么，你事实上思想上找不到出路时你就望最消极或是最积极的方向——死——走去完事。

这里我想我们得到了一点评判的消息。就是自杀不仅必得是有意识的，而且在自杀者必定得在他的思想上达到一个"不得不"的境界，然后这自杀才值得我们同情的考量。这有意识的涵义就是自杀动机相对的纯粹性，就是自杀者是否凭借自杀的手段去达到他要的"有甚于生"的那一点。我同情梁巨川先生的自杀就为在他的遗集里我发见他的自杀不仅是有意识的，而且在他的思想上的确达到了一个"不得不"的境界。此外愤世类的自杀，乃至存心感化类的自杀我都看不出许可的理由，而且我怕我们只能看作一种消极的自杀，借口头的饰词自掩背后或许不可告人的动机——因为老实说，活比死难得多，我们不能轻易奖励避难就易的行为，这一点我与孟和先生完全同意。

海滩上种花

　　朋友是一种奢华：且不说酒肉势利，那是说不上朋友，真朋友是相知，但相知谈何容易，你要打开人家的心，你先得打开你自己的，你要在你的心里容纳人家的心，你先得把你的心推放到人家的心里去；这真心或真性情的相互的流转，是朋友的秘密，是朋友的快乐。但这是说你内心的力量够得到，性灵的活动有富余，可以随时开放，随时往外流，象山里的泉水，流向容得住你的同情的沟槽；有时你得冒险，你得花本钱，你得抵拼在巉岈的乱石间，触刺的草缝里耐心的寻路，那时候艰难，苦痛，消耗，在在是可能的，在你这水一般灵动，水一般柔顺的寻求同情的心能找到平安欣快以前。

　　我所以说朋友是奢华，"相知"是宝贝，但得拿真性情的血本去换，去拼。因此我不敢轻易说话，因为我自己知道我的来源有限，十分的谨慎尚且不时有破产的恐惧；我不能随便"花"。前天有几位小朋友来邀我跟你们讲话，他们的恳切折服了我，使我不得不从命，但是小朋友们，说也惭愧，我拿什么来给你们呢？

　　我最先想来对你们说些孩子话，因为你们都还是孩子。但是那孩子的我到那里去了？仿佛昨天我还是个孩子，今天不知怎的就变了样。什么是孩子？要不为一点活泼的天真，但天真就比是泥土里的嫩芽，天冷泥土硬就压住了它的生机——这年头问谁去要和暖的春风？

孩子是没了。你记得的只是一个不清切的影子，麻糊得很，我这时候想起就像是一个瞎子追念他自己的容貌，一样的记不周全；他即使想急了拿一双手到脸上去印下一个模子来，那模子也是个死的。真的没了。一天在公园里见一个小朋友不提多么活动，一忽儿上山，一忽儿爬树，一忽儿溜冰，一忽儿干草里打滚，要不然就跳着憨笑；我看着羡慕，也想学样，跟他一起玩，但是不能，我是一个大人，身上穿着长袍，心里存着体面，怕招人笑，天生的灵活换来矜持的存心——孩子，孩子是没有的了，有的只是一个年岁与教育蛀空了的躯壳，死僵僵的，不自然的。

我又想找回我们天性里的野人来对你们说话。因为野人也是接近自然的；我前几年过印度时得到极刻心的感想，那里的街道房屋以及土人的体肤容貌，生活的习惯，虽则简，虽则陋，虽则不夸张，却处处与大自然——上面碧蓝的天，火热的阳光，地下焦黄的泥土，高矗的椰树——相调谐，情调，色彩，结构，看来有一种意义的一致，就比是一件完美的艺术的作品。也不知怎的，那天看了他们的街，街上的牛车，赶车的老头露着他的赤光的头颅与紫姜色的圆肚，他们的庙，庙里的圣像与神座前的花，我心里只是不自在，就仿佛这情景是一个熟悉的声音的叫唤，叫你去跟着他，你的灵魂也何尝不活跳跳的想答应一声"好，我来了"，但是不能，又有碍路的挡着你，不许你回复这叫唤声启示给你的自由。困着你的是你的教育；我那时的难受就比是一条蛇摆脱不了困住他的一个硬性的外壳——野人也给压住了，永远出不来。

所以今天站在你们上面的我不再是融会自然的野人，也不是天机活灵的孩子：我只是一个"文明人"，我能说的只是"文明话"。但什么是文明只是堕落！文明人的心里只是种种虚荣的念头，他到处忙不算，到处都得计较成败。我怎么能对着你们不感觉惭愧？不了解自然不仅是我的心，我的话也是的。并且我即使有话说也没法表现，即使有思想也不能使你们了解；内里那点子性灵就比是在一座石壁里牢牢的砌住，一丝光亮都不透，就凭这双眼望见你们，但有什么法子可以传达我的意思给你们，我已经忘却了原来的语言，还有什么话可说的？

但我的小朋友们还是逼着我来说谎（没有话说而勉强说话便是谎）。知识，我不能给；要知识你们得请教教育家去，我这里是没有的。智慧，更没有了：智慧是地狱里的花果，能进地狱更能出地狱的才采得着智慧，不去地狱的便没有智慧——我是没有的。

我正发窘的时候，来了一个救星——就是我手里这一小幅画，等我来讲道理给你们听。这张画是我的拜年片，一个朋友替我制的。你们看这个小孩子在海边沙滩上独自的玩，赤脚穿着草鞋，右手提着一枝花，使劲把它往沙里栽，左手提着一把浇花的水壶，壶里水点一滴滴的往下掉着。离着小孩不远看得见海里翻动着的波澜。

你们看出了这画的意思没有？

在海砂里种花。在海砂里种花！那小孩这一番种花的热心怕是白费的了。砂碛是养不活鲜花的，这几点淡水是不能帮忙的；也许等不到小孩转身，这一朵小花已经支不住阳光的逼迫，就得交卸他有限的生命，枯萎了去。况且那海水的浪头也快打过来了，海浪冲来时不说这朵小小的花，就是大根的树也怕站不住——所以这花落在海边上是绝望的了，小孩这番力量准是白化的了。

　　你们一定很能明白这个意思。我的朋友是很聪明的，他拿这画意来比我们一群呆子，乐意在白天里做梦的呆子，满心想在海砂里种花的傻子。画里的小孩拿着有限的几滴淡水想维持花的生命，我们一群梦人也想在现在比沙漠还要干枯比沙滩更没有生命的社会里，凭着最有限的力量，想下几颗文艺与思想的种子，这不是一样的绝望，一样的傻？想在海砂里种花，想在海砂里种花，多可笑呀！但我的聪明的朋友说，这幅小小画里的意思还不止此；讽刺不是她的目的。她要我们更深一层看。在我们看来海砂里种花是傻气，但在那小孩自己却不觉得。他的思想是单纯的，他的信仰也是单纯的。他知道的是什么？他知道花是可爱的，可爱的东西应得帮助他发长；他平常看见花草都是从地土里长出来的，他看来海砂也只是地，为什么海砂里不能长花他没有想到，也不必想到，他就知道拿花来栽，拿水去浇，只要那花在地上站直了他就欢喜，他就乐，他就会跳他的跳，唱他的唱，来赞美这美丽的生命，以后怎么样，海砂的性质，花的运命，他全管不着！我们知道小孩们怎样的崇拜自然，他的身体虽则小，他的灵魂却是大着，他的衣服也许脏，他的心可是洁净的。这里还有一幅画，这是自然的崇拜，你们看这孩子在月光下跪着拜一朵低头的百合花，这时候他的心与月光一般的清洁，与花一般的美丽，与夜一般的安静。我们可以知道到海边上来种花那孩子的思想与这月下拜花的孩子的思想会得跪下的——单纯、清洁，我们可以想象那一个孩子把花栽好了也是一样来对着花膜拜祈祷——他能把花暂时栽了起来便是他的成功，此外以后怎么样不是他的事情了。

你们看这个象征不仅美，并且有力量；因为它告诉我们单纯的信心是创作的泉源——这单纯的烂漫的天真是最永久最有力量的东西，阳光烧不焦他，狂风吹不倒他，海水冲不了他，黑暗掩不了他——地面上的花朵有被摧残有消灭的时候，但小孩爱花种花这一点："真"却有的是永久的生命。

我们来放远一点看。我们现有的文化只是人类在历史上努力与牺牲的成绩。为什么人们肯努力肯牺牲？因为他们有天生的信心；他们的灵魂认识什么是真什么是善什么是美，虽则他们的肉体与知识有时候会诱惑他们反着方向走路；但只要他们认明一件事情是有永久价值的时候，他们就自然的会得兴奋，不期然的自己牺牲，要在这忽忽变动的声色的世界里，赎出几个永久不变的原则的凭证来。耶稣为什么不怕上十字架？密尔顿何以瞎了眼还要做诗，贝德花芬何以聋了还要制音乐，密仡郎其罗为什么肯积受几个月的潮湿不顾自己的皮肉与靴子连成一片的用心思，为的只是要解决一个小小的美术问题？为什么永远有人到冰洋尽头雪山顶上去探险？为什么科学家肯在显微镜底下或是数目字中间研究一般人眼看不到心想不通的道理消磨他一生的光阴？

为的是这些人道的英雄都有他们不可摇动的信心；像我们在海砂里种花的孩子一样，他们的思想是单纯的——宗教家为善的原则牺牲，科学家为真的原则牺牲，艺术家为美的原则牺牲——这一切牺牲的结果便是我们现有的有限的文化。

你们想想在这地面上做事难道还不是一样的傻气——这地面还不与海砂一样不容你生根，在这里的事业还不是与鲜花一样的娇

89

嫩？——潮水过来可以冲掉，狂风吹来可以折坏，阳光晒来可以熏焦我们小孩子手里拿着往砂里栽的鲜花，同样的，我们文化的全体还不一样有随时可以冲掉、折坏、熏焦的可能吗？巴比伦的文明现在那里？彭拜城曾经在地下埋过千百年，克利脱的文明直到最近五六十年间才完全发见。并且有时一件事实体的存在并不能证明他生命的继续。这区区地球的本体就有一千万个毁灭的可能。人们怕死不错，我们怕死人，但最可怕的不是死的死人，是活的死人，单有躯壳生命没有灵性生活是莫大的悲惨；文化也有这种情形，死的文化倒也罢了，最可怜的是勉强喘着气的半死的文化。你们如其问我要例子，我就不迟疑的回答你说，朋友们，贵国的文化便是一个喘着气的活死人！时候已经很久的了，自从我们最后的几个祖宗为了不变的原则牺牲他们的呼吸与血液，为了不死的生命牺牲他们有限的存在，为了单纯的信心遭受当时人的讪笑与侮辱。时候已经很久的了，自从我们最后听见普遍的声音像潮水似的充满着地面。时候已经很久的了，自从我们最后看见强烈的光明像彗星似的扫掠过地面，时候已经很久的了，自从我们最后为某种主义流过火热的鲜血，时候已经很久了自从我们的骨髓里有胆量，我们的说话里有分量。这是一个极伤心的反省！我真不知道这时代犯了什么不可赦的大罪，上帝竟狠心的赏给我们这样恶毒的刑罚？你看看这年头到那里去找一个完全的男子或是一个完全的女子——你们去看去，这年头那一个男子不是阳痿，那一个女子不是鼓胀！要形容我们现在受罪的时期，我们得发明一个比丑更丑比脏更脏比下流更下流比苟且更苟且比懦怯更懦怯的一类生字去！朋友们，真的我心里常常害怕，害怕下回东风带来的不是我们盼望中的春天，不是鲜花青草蝴蝶飞鸟，我怕她带来一个比冬天更枯槁更凄惨更寂寞的死天——因为丑陋的脸子不配穿漂亮的衣服，我们这样丑陋的变态的人心与社会凭什么权利可以问青天要阳光，问地面要青草，问飞鸟要音乐，问花朵要颜色？你问我明天天会不会放亮？我回答说我不知道，竟许不！

归根是我们失去了我们灵性努力的重心，那就是一个单纯的信仰，一点烂漫的童真！不要说到海滩去种花——我们都是聪明人谁愿意做傻瓜去——就是在你自己院子里种花你都恐怕动手那！最可怕的怀疑的鬼与厌世的黑影已经占住了我们的灵魂！

所以朋友们，你们都是青年，都是春雷声响不曾停止时破绽出来的鲜花，你们再不可堕落了——虽则陷阱的大口满张在你的跟前，你不要怕，你把你的烂漫的天真倒下去，填平了它，再往前走——你们要保持那一点的信心，这里面连着来的就是精力与勇敢与灵感——你们再不怕做小傻瓜，尽量在这人道的海滩边种你的鲜花去——花也许会消灭，但这种花的精神是不烂的！

天目山中笔记

佛天大众中　说我当作佛　闻如是法音　疑悔悉已除
初闻佛所说　心中大惊疑　将非魔作佛　恼乱我心耶
　　　　　　　　　　　　　——莲花经譬喻品

　　山中不定是清静。庙宇在参天的大木中间藏着，早晚间有的是风，松有松声，竹有竹韵，鸣的禽，叫的虫子，阁上的大钟，殿上的木鱼，庙身的左边右边都安着接泉水的粗毛竹管，这就是天然的笙箫，时缓时急的参和着天空地上种种的鸣籁，静是不静的；但山中的声响，不论是泥土里的蚯蚓叫或是轿夫们深夜里"唱宝"的异调，自有一种各别处：它来得纯粹，来得清亮，来得透彻，冰水似的沁入你的脾肺；正如你在泉水里洗濯过后觉得清白些，这些山籁，虽则一样是音响，也分明有洗净的功能。

　　夜间这些清籁摇着你入梦，清早上你也从这些清籁的怀抱中苏醒。

　　山居是福，山上有楼住更是修得来的。我们的楼窗开处是一片蓊葱的林海；林海外更有云海！日的光，月的光，星的光：全是你的。从这三尺方的窗户你接受自然的变幻；从这三尺方的窗户你散放你情感的变幻。自在；满足。

今早梦回时睁眼见满帐的霞光。鸟雀们在赞美；我也加入一份。它们的是清越的歌唱，我的是潜深一度的沉默。

钟楼中飞下一声宏钟，空山在音波的磅礴中震荡。这一声钟激起了我的思潮。不，潮字太夸；说思流罢。耶教人说阿门，印度教人说"欧姆"（O—m），与这钟声的嗡嗡，同是从摄口外摄到阖口内包的一个无限的波动；分明是外扩，却又是内潜；一切在它的周缘，却又在它的中心：同时是皮又是核，是轴亦复是廓。这伟大奥妙的"om"使人感到动，又感到静；从静中见动，又从动中见静。从安住到飞翔，又从飞翔回复安住；从实在境界超入妙空，又从妙空化生实在：

"闻佛柔软音，深远甚微妙。"

多奇异的力量！多奥妙的启示！包容一切冲突性的现象，扩大刹那间的视域，这单纯的音响，于我是一种智灵的洗净。花开，花落，天外的流星与田畦间的飞萤，上绾云天的青松，下临绝海的巉岩，男女的爱，珠宝的光，火山的熔液：一婴儿在它的摇篮中安眠。

这山上的钟声是昼夜不间歇的，平均五分钟时一次。打钟的和尚独自在钟头上住着，据说他已经不间歇的打了十一年钟，他的愿心是打到他不能动弹的那天，钟楼上供着菩萨，打钟人在大钟的一边安着他的"座"，他每晚是坐着安神的，一只手挽着钟槌的一头，从长期的习惯，不叫睡眠耽误他的职司。"这和尚"，我自忖，"一定是有道理的！和尚是没道理的多：方才那知客僧想把七窍蒙充六根，怎么算总多了一个鼻孔或是耳孔；那方丈师的谈吐里不少某督军与某省长的点缀；那管半山亭的和尚更是贪嗔的化身，无端摔破了两个无辜的茶碗。但这打钟和尚，他一定不是庸流不能不去看看！"他的年岁在五十开外，出家有二十几年，这钟楼，不错，是他管的，这钟是他打的（说着他就过去撞了一下），他每晚，也不错，是坐着安神的，但此外，可怜，我的俗眼竟看不出什么异样。他拂拭着神龛，神坐，拜垫，换上香烛，掇一盂水，洗一把青菜，捻一把米，擦干了手接受香客的布施，又转身去撞一声钟。他脸上看不出修行的清癯，却没有失眠的倦态，倒是满满的不时有笑容的展露；念什么经；不，就念阿弥陀佛，他竟许是不认识字的。"那一带是什么山，叫什么，和尚？""这里是天目山，"他说，"我知道，我说的是那一带的，"我手点着问。"我不知道。"他回答。

山上另有一个和尚，他住在更上去昭明太子读书台的旧址，盖有几间屋，供着佛像，也归庙管的，叫作茅棚，但这不比得普陀山上的真茅棚，那看了怕人的，坐着或是偎着修行的和尚没一个不是鹄形鸠面，鬼似的东西。他们不开口的多，你爱布施什么就放在他跟前的篓子或是盘子里，他们怎么也不睁眼，不出声，随你给的是金条或是铁条。人说得更奇了，有的半年没有吃过东西，不曾挪过窝，可还是没有死，就这冥冥的坐着。他们大约离成佛不远了，单看他们的脸色，就比石片泥土不差什么，一样这黑刺刺，死僵僵的。"内中有几个，"香客们说，"已经成了活佛，我们的祖母早三十年来就看见他们这样坐的！"

但天目山的茅棚以及茅棚里的和尚，却没有那样的浪漫出奇。茅棚是尽够蔽风雨的屋子，修道的也是活鲜鲜的人，虽则他并不因此减

一个行乞的诗人　徐志摩散文

却他给我们的趣味。他是一个高身材、黑面目，行动迟缓的中年人；他出家将近十年，三年前坐过禅关，现在这山上茅棚里来修行；他在俗家时是个商人，家中有父母兄弟姊妹，也许还有自身的妻子；他不曾明说他中年出家的缘由，他只说"俗业太重了，还是出家从佛的好"，但从他沉着的语音与持重的神态中可以觉出他不仅是曾经在人事上受过磨折，并且是在思想上能分清黑白的人。他的口，他的眼，都泄漏着他内里强自抑制，魔与佛交斗的痕迹；说他是放过火杀过人的忏悔者，可信；说他是个回头的浪子，也可信。他不比那钟楼上人的不着颜色，不露曲折：他分明是色的世界里逃来的一个囚犯。三年的禅关，三年的草棚，还不曾压倒，不曾灭净，他肉身的烈火。"俗业太重了，不如出家从佛的好"；这话里岂不颤栗着一往忏悔的深心？我觉着好奇；我怎么能得知他深夜跌坐时意念的究竟？

> 佛于大众中　说我当作佛　闻如是法音　疑悔悉已除
> 初闻佛所说　心中大惊疑　将非魔所说　恼乱我心耶

　　但这也许看太奥了。我们承受西洋人生观洗礼的，容易把做人看太积极，入世的要求太猛烈，太不肯退让，把住这热虎虎的一个身子一个心放进生活的轧床去，不叫他留存半点汁水回去；非到山穷水尽的时候，决不肯认输，退后，收下旗帜；并且即使承认了绝望的表示，他往往直接向生存本体的取决，不来半不阑珊的收回了步子向后退：宁可自杀。干脆的生命的断绝，不来出家，那是生命的否认。不错，西洋人也有出家做和尚做尼姑的，例如亚佩腊与爱洛绮丝，但在他们是情感方面的转变，原来对人的爱移作上帝的爱，这知感的自体与它的活动依旧不含糊的在着；在东方人，这出家是求情感的消灭，皈依佛法或道法，目的在自我一切痕迹的解脱。再说，这出家或出世的观念的老家，是印度不是中国，是跟着佛教来的；印度可以会发生这类思想，学者们自有种种哲理上乃至物理上的解释，也尽有趣味的。中国何以能容留这类思想，并且在实际上出家做尼僧的今天不比以前少（我新近一个朋友差一点做了小和尚）！这问题正值得研究，因为这分明不仅仅是个知识乃至意识的浅深问题，也许这情形尽有极有趣味的解释的可能，我见闻浅，不知道我们的学者怎样想法，我愿意领教。

北戴河海滨的幻想

　　他们都到海边去了。我为左眼发炎不曾去。我独坐在前廊，偎坐在一张安适的大椅内，袒着胸怀，赤着脚，一头的散发，不时有风来撩拂。清晨的晴爽，不曾消醒我初起时睡态；但梦思却半被晓风吹断。我阖紧眼帘内视，只见一斑斑消残的颜色，一似晚霞的余赭，留恋地胶附在天边。廊前的马樱、紫荆、藤萝、青翠的叶与鲜红的花，都将他们的妙影映印在水汀上，幻出幽媚的情态无数；我的臂上与胸前，亦满缀了绿荫的斜纹。从树荫的间隙平望，正见海湾：海波亦似被晨曦唤醒，黄蓝相间的波光，在欣然的舞蹈。滩边不时见白涛涌起，进射着雪样的水花。浴线内点点的小舟与浴客，水禽似的浮着；幼童的欢叫，与水波拍岸声，与潜涛呜咽声，相间的起伏，竞报一滩的生趣与乐意。但我独坐的廊前，却只是静静的，静静的无甚声响。妩媚的马樱，只是幽幽的微辗着，蝇虫也敛翅不飞。只有远近树里的秋蝉在纺纱似的垂引他们不尽的长吟。

　　在这不尽的长吟中，我独坐在冥想。难得是寂寞的环境，难得是静定的意境；寂寞中有不可言传的和谐，静默中有无限的创造。我的心灵，比如海滨，生平初度的怒潮，已经渐次的消翳，只剩有疏松的海砂中偶尔的回响，更有残缺的贝壳，反映星月的辉芒。此时摸索潮余的斑痕，追想当时汹涌的情景，是梦或是真，再亦不须辨问，只此眉梢的轻皱，唇边的微哂，已足解释无穷奥绪，深深的蕴伏在灵魂的微纤之中。

青年永远趋向反叛，爱好冒险；永远如初度航海者，幻想黄金机缘于浩渺的烟波之外：想割断系岸的缆绳，扯起风帆，欣欣的投入无垠的怀抱。他厌恶的是平安，自喜的是放纵与豪迈。无颜色的生涯，是他目中的荆棘；绝海与凶　，是他爱取自由的途径。他爱折玫瑰；为她的色香，亦为她冷酷的刺毒。他爱搏狂澜：为他的庄严与伟大，亦为他吞噬一切的天才，最是激发他探险与好奇的动机。他崇拜冲动：不可测，不可节，不可预逆，起，动，消歇皆在无形中，狂飙似的倏忽与猛烈与神秘。他崇拜斗争：从斗争中求剧烈的生命之意义，从斗争中求绝对的实在，在血染的战阵中，呼叫胜利之狂欢或歌败丧的哀曲。

幻象消灭是人生里命定的悲剧；青年的幻灭，更是悲剧中的悲剧，夜一般的沉黑，死一般的凶恶。纯粹的，猖狂的热情之火，不同阿拉亭的神灯，只能放射一时的异彩，不能永久的朗照；转瞬间，或许，便已敛熄了最后的焰舌，只留存有限的余烬与残灰，在未灭的余温里自伤与自慰。

流水之光，星之光，露珠之光，电之光，在青年的妙目中闪耀，我们不能不惊讶造化者艺术之神奇，然可怖的黑影，倦与衰与饱餮的黑影，同时亦紧紧的跟着时日进行，仿佛是烦恼、痛苦、失败，或庸俗的尾曳，亦在转瞬间，彗星似的扫灭了我们最自傲的神辉——流水涸，明星没，露珠散灭，电闪不再！

在这艳丽的日辉中，只见愉悦与欢舞与生趣，希望，闪烁的希望，在荡漾，在无穷的碧空中，在绿叶的光泽里，在虫鸟的歌吟中，在青草的摇曳中——夏之荣华，春之成功。春光与希望，是长驻的；自然与人生，是调谐的。

在远处有福的山谷内，莲馨花在坡前微笑，稚羊在乱石间跳跃，牧童们，有的吹着芦笛，有的平卧在草地上，仰看变幻的浮游的白云，放射下的青影在初黄的稻田中缥缈地移过。在远处安乐的村中，有妙龄的村姑，在流涧边照映她自制的春裙；口衔烟斗的农夫三四，在预度秋收的丰盈，老妇人们坐在家门外阳光中取暖，她们的周围有不少的儿童，手擎着黄白的钱花在环舞与欢呼。

在远——远处的人间，有无限的平安与快乐，无限的春光……

在此暂时可以忘却无数的落蕊与残红；亦可以忘却花荫中掉下的枯叶，私语地预告三秋的情意；亦可以忘却苦恼的僵瘪的人间，阳光与雨露的殷勤，不能再恢复他们腮颊上生命的微笑，亦可以忘却纷争的互杀的人间，阳光与雨露的仁慈，不能感化他们凶恶的兽性；亦可以忘却庸俗的卑琐的人间，行云与朝露的丰姿，不能引逗他们刹那间的凝视；亦可以忘却自觉的失望的人间，绚烂的春时与媚草，只能反激他们悲伤的意绪。

我亦可以暂时忘却我自身的种种；忘却我童年期清风白水似的天真；忘却我少年期种种虚荣的希冀；忘却我渐次的生命的觉悟；忘却我热烈的理想的寻求；忘却我心灵中乐观与悲观的斗争；忘却我攀登文艺高峰的艰辛；忘却刹那的启示与彻悟之神奇；忘却我生命潮流之骤转；忘却我陷落在危险的旋涡中之幸与不幸；忘却我追忆不

完全的梦境；忘却我大海底里埋着的秘密；忘却曾经刳割我灵魂的利刃，炮烙我灵魂的烈焰，摧毁我灵魂的狂飙与暴雨；忘却我的深刻的怨与艾；忘却我的冀与愿；忘却我的恩泽与惠感；忘却我的过去与现在……

过去的实在，渐渐的膨胀，渐渐的模糊，渐渐的不可辨认；现在的实在，渐渐的收缩，逼成了意识的一线，细极狭极的一线，又裂成了无数不相联续的黑点……黑点亦渐次的隐翳？幻术似的灭了，灭了，一个可怕的黑暗的空虚……

｜泰山日出

振铎来信要我在《小说月报》的太戈尔号上说几句话。我也曾答应了，但这一时游济南游泰山游孔陵，太乐了，一时竟拉不拢心思来做整篇的文字，一直挨到现在期限快到，只得勉强坐下来，把我想得到的话不整齐的写出。

我们在泰山顶上看出太阳。在航过海的人，看太阳从地平线下爬上来，本不是奇事；而且我个人是曾饱饫过江海与印度洋无比的日彩的。但在高山顶上看日出，尤其在泰山顶上，我们无餍的好奇心，当然盼望一种特异的境界，与平原或海上不同的。果然，我们初起时，天还暗沉沉的，西方是一片的铁青，东方些微有些白意，宇宙只是——如用旧词形容——一体莽莽苍苍的。但这是我一面感觉劲烈的晓寒，一面睡眼不曾十分醒豁时约略的印象。等到留心回览时，我不由得大声的狂叫——因为眼前只是一个见所未见的境界。原来昨夜整夜暴风的工程，却砌成一座普遍的云海。除了日观峰与我们所在的玉皇顶以外，东西南北只是平铺着弥漫的云气，在朝旭未露前，宛似无

101

量数厚毳长绒的绵羊，交颈接背的眠着，卷耳与弯角都依稀辨认得出。那时候在这茫茫的云海中，我独自站在雾霭溟蒙的小岛上，发生了奇异的幻想——

我躯体无限的长大，脚下的山峦比例我的身量，只是一块拳石；这巨人披着散发，长发在风里像一面墨色的大旗，飒飒的在飘荡。这巨人竖立在大地的顶尖上，仰面向着东方，平拓着一双长臂，在盼望，在迎接，在催促，在默默的叫唤；在崇拜，在祈祷，在流泪——在流久慕未见而将见悲喜交互的热泪……

这泪不是空流的，这默祷不是不生显应的。

巨人的手，指向着东方——

东方有的，在展露的，是什么？

东方有的是瑰丽荣华的色彩，东方有的是伟大普照的光明——出现了，到了，在这里了……

玫瑰汁、葡萄浆、紫荆液、玛瑙精、霜枫叶——大量的染工，在层累的云底工作；无数蜿蜒的鱼龙，爬进了苍白色的云堆。

一方的异彩，揭去了满天的睡意，唤醒了四隅的明霞——光明的神驹，在热奋地驰骋……

云海也活了；眠熟了兽形的涛澜，又回复了伟大的呼啸，昂头摇尾的向着我们朝露染青馒形的小岛冲洗，激起了四岸的水沫浪花，震荡着这生命的浮礁，似在报告光明与欢欣之临莅……

再看东方——海句力士已经扫荡了他的阻碍，雀屏似的金霞，从无垠的肩上产生，展开在大地的边沿。起……起……用力，用力，纯焰的圆颅，一探再探的跃出了地平，翻登了云背，临照在天空……

歌唱呀，赞美呀，这是东方之复活，这是光明的胜利……

散发祷祝的巨人，他的身彩横亘在无边的云海上，已经渐渐的消翳在普遍的欢欣里；现在他雄浑的颂美的歌声，也已在霞采变幻中，普彻了四方八隅……

听呀，这普彻的欢声；看呀，这普照的光明！

这是我此时回忆泰山日出时的幻想，亦是我想望太戈尔来华的颂词。

丑西湖

"欲把西湖比西子，浓妆淡抹总相宜。"我们太把西湖看理想化了。夏天要算是西湖浓妆的时候，堤上的杨柳绿成一片浓青，里湖一带的荷叶荷花也正当满艳，朝上的烟雾，向晚的晴霞，那样不是现成的诗料，但这西姑娘你爱不爱？我是不成，这回一见面我回头就逃！什么西湖这简直是一锅腥臊的热汤！西湖的水本来就浅，又不流通，近来满湖又全养了大鱼，有四五十斤的，把湖里袅袅婷婷的水草全给咬烂了，水混不用说，还有那鱼腥味儿顶叫人难受。说起西湖养鱼，我听得有种种的说法，也不知那样是内情：有说养鱼甘脆是官家谋利，放着偌大一个鱼沼，养肥了鱼打了去卖不是顶现成的；有说养鱼是为预防水草长得太放肆了怕塞满了湖心，也有说这些大鱼都是大慈善家们为要延寿或是求子或是求财源茂健特为从别地方买了来放生在湖里的，而且现在打鱼当官是不准的。不论怎么样，西湖确是变了鱼湖了。六月以来杭州据说一滴水都没有过，西湖当然水浅得像个干血痨的美女，再加那腥味儿！今年南方的热，说来我们住惯北方的也不易信，白天热不说，通宵到天亮也不见放松，天天大太阳，夜夜满天星，节节高的一天暖似一天。杭州更比上海不堪，西湖那一洼浅水用不到几个钟头的晒就离滚沸不远什么，四面又是山，这热是来得去不得，一天不发大风打阵，这锅热汤，就永远不会凉。我那天到了晚上才雇了条船游湖，心想比岸上总可以凉快些。好，风不来还熬得，风一来可真难受极了，又热又带腥味儿，真叫人发眩作呕，我同船一个朋友当时就病了，我记得红海里两边的沙漠风都似乎较为可耐些！夜间十二点我们回家的时候都还是热虎虎的。还有湖里的蚊虫！简直是一群群的大水鸭子！我一生定就活该。

这西湖是太难了，气味先就不堪。再说沿湖的去处，本来顶清淡宜人的一个地方是平湖秋月，那一方平台，几棵杨柳，几折回廊，在秋月清澈的凉夜去坐着看湖确是别有风味，更好在去的人绝少，你夜间去总可以独占，唤起看守的人来泡一碗清茶，冲一杯藕粉，和几个朋友闲谈着消磨他半夜，真是清福。我三年前一次去有琴友有笛师，躺平在杨树底下看揉碎的月光，听水面上翻响的幽乐，那逸趣真不易。西湖的俗化真是一日千里，我每回去总添一度伤心：雷峰也羞跑了，断桥折成了汽车桥，哈得在湖心里造房子，某家大少爷的汽油船在三尺的柔波里兴风作浪，工厂的烟替代了出岫的霞，大世界以及什么舞台的锣鼓充当了湖上的啼莺，西湖，西湖，还有什么可留恋的！这回连平湖秋月也给糟蹋了，你信不信？"船家，我们到平湖秋月去，那边总还清静。""平湖秋月？先生，清静是不清静的，格歇开了酒馆，酒馆着实闹忙哩，你看，望得见的，穿白衣服的人多煞勒瞎，扇子摇得活血血的，还有唱唱的，十七八岁的姑娘，听听看——是无锡山歌哩，胡琴都蛮清爽的……"。

那我们到楼外楼去吧。谁知楼外楼又是一个伤心！原来楼外楼那一楼一底的旧房子斜斜的对着湖心亭，几张揩抹得发白光的旧桌子，一两个上年纪的老堂倌，活络络的鱼虾，滑齐齐的莼菜，一壶远年，一碟盐水花生，我每回到西湖往往偷闲独自跑去领略这点子古色古香，靠在阑干上从堤边杨柳荫里望滟滟的湖光，晴有晴色，雨雪有雨雪的景致，要不然月上柳梢时意味更长，好在是不闹，晚上去也是独占的时候多，一边喝着热酒，一边与老堂倌随便讲讲湖上风光，鱼虾行市，也自有一种说不出的愉快。但这回连楼外楼都变了面目！地址不曾移动，但翻造了三层楼带屋顶的洋式门面，新漆亮光光的刺眼，在湖中就望见楼上电扇的疾转，客人闹盈盈的挤着，堂倌也换了，穿上西崽的长袍，原来那老朋友也看不见了，什么闲情逸趣都没有了！我们没办法移一个桌子在楼下马路边吃了一点东西，果然连小菜都变了，真是可伤。泰戈尔来看了中国，发了很大的感慨。他说，"世界上再没有第二个民族像你们这样蓄意的制造丑恶的精神。"怪不过老头牢骚，他来时对中国是怎样的期望（也许是诗人的期望），他看到的又是怎样一个现实！狄更生先生有一篇绝妙的文章，是他游泰山以后的感想，他对照西方人的俗与我们的雅，他们的唯利主义与我们的闲暇精神。他说只有中国人才真懂得爱护自然，他们在山水间的点缀是没有一点辜负自然的；实际上他们处处想法子增添自然的美，他们不容许煞风景的事业。他们在山上造路是依着山势回环曲折，铺上本山的石子，就这山道就饶有趣味，他们宁可牺牲一点便利。不愿斫丧自然的和谐。所以他们造的是妩媚的石径；欧美人来时不开马路就来穿山的电梯。他们在原来的石块上刻上美秀的诗文，漆成古色的青绿，在苔藓间掩映生趣；反之在欧美的山石上只见雪茄烟与各种生意的广告。他们在山林丛密处透出一角寺院的红墙，西方人起的是几层楼嘈杂的旅馆。听人说中国人得效法欧西，我不知道应得自觉虚心做学徒的究竟是谁？

这是十五年前狄更生先生来中国时感想的一节。我不知道他现在要是回来看看西湖的成绩，他又有什么妙文来颂扬我们的美德！

说来西湖真是个爱伦内。论山水的秀丽，西湖在世界上真有位置。那山光，那水色，别有一种醉人处，叫人不能不生爱。但不幸杭州的人种（我也算是杭州人），也不知怎的，特别的来得俗气来得陋相。不读书人无味，读书人更可厌，单听那一口杭白，甲隔甲隔的，就够人心烦！看来杭州人话会说（杭州人真会说话！），事也会做，近年来就"事业"方面看，杭州的建设的确不少，例如西湖堤上的六条桥就全给拉平了替汽车公司帮忙；但不幸经营山水的风景是另一种事业，决不是开铺子、做官一类的事业。平常布置一个小小的园林，我们尚且说总得主人胸中有些丘壑，如今整个的西湖放在一班大老的手里，他们的脑子里平常想些什么我不敢猜度，但就成绩看，他们的确是只图每年"我们杭州"商界收入的总数增加多少的一种头脑！开铺子的老班们也许沾了光，但是可怜的西湖呢？分明天生俊俏的一个少女，生生的叫一群粗汉去替她涂脂抹粉，就说没有别的难堪情形，也就够煞风景又煞风景！天啊，这苦恼的西子！

但是回过来说，这年头那还顾得了美不美！江南总算是天堂，到今天为止。别的地方人命只当得虫子，有路不敢走，有话不敢说，还来搭什么臭绅士的架子，挑什么够美不够美的鸟眼？

巴黎的鳞爪

咳巴黎！到过巴黎的一定不会再希罕天堂；尝过巴黎的，老实说，连地狱都不想去了。整个的巴黎就像是一床野鸭绒的垫褥，衬得你通体舒泰，硬骨头都给熏酥了的——有时许太热一些。那也不碍事，只要你受得住。赞美是多余的，正如赞美天堂是多余的；咒诅也是多余的，正如咒诅地狱是多余的。巴黎，软绵绵的巴黎，只在你临别的时候轻轻地嘱咐一声"别忘了，再来！"其实连这都是多余的。谁不想再去？谁忘得了？

香草在你的脚下，春风在你的脸上，微笑在你的周遭。不拘束你，不责备你，不督饬你，不窘你，不恼你，不揉你。它搂着你，可不缚住你：是一条温存的臂膀，不是根绳子。它不是不让你跑，但它那招逗的指尖却永远在你的记忆里晃着。多轻盈的步履，罗袜的丝光随时可以沾上你记忆的颜色！

但巴黎却不是单调的喜剧。赛因河的柔波里掩映着罗浮宫的情影，它也收藏着不少失意人最后的呼吸。流着，温驯的水波；流着，缠绵的恩怨。咖啡馆：和着交颈的软语，开怀的笑响，有踡坐在屋隅里蓬头少年计较自毁的哀思。跳舞场：和着翻飞的乐调，迷醇的酒香，有独自支颐的少妇思量着往迹的怆心。浮动在上一层的许是光明，是欢畅，是快乐，是甜蜜，是和谐；但沉淀在底里阳光照不到的才是人事经验的本质：说重一点是悲哀，说轻一点是惆怅：谁不愿意永远在轻快的流波里漾着，可得留神了你往深处去时的发见！

一天，一个从巴黎来的朋友找我闲谈，谈起了劲，茶也没喝，烟也没吸，一直从黄昏谈到天亮，才各自上床去躺了一歇，我一合眼就回到了巴黎，方才朋友讲的情境惝恍的把我自己也缠了进去；这巴黎的梦真醇人，醇你的心，醇你的意志，醇你的四肢百体，那味儿除是亲尝过的谁能想象！——我醒过来时还是迷糊的忘了我在那儿，刚巧一个小朋友进房来站在我的床前笑吟吟喊我"你做什么梦来了，朋友，为什么两眼潮潮的像哭似的？"我伸手一摸，果然眼里有水，不觉也失笑了——可是朝来的梦，一个诗人说的，同是这悲凉滋味，正不知这泪是为那一个梦流的呢！

下面写下的不成文章，不是小说，不是写实，也不是写梦，——在我写的人只当是随口曲，南边人说的"出门不认货"，随你们宽容的读者们怎样看罢。

出门人也不能太小心了。走道总得带些探险的意味。生活的趣味大半就在不预期的发见，要是所有的明天全是今天刻板的化身，那我们活什么来了？正如小孩子上山就得采花，到海边就得捡贝壳，书呆子进图书馆想捞新智慧——出门人到了巴黎就想……

你的批评也不能过分严正不是？少年老成——什么话！老成是老

长的手指，她的落漠的神情，有意无意间的叹息，在在都激发我的好奇——虽则我那时左边已经坐下了一个瘦的，右边来了肥的，四条光滑的手臂不住的在我面前晃着酒杯。但更使我奇异的是她不等跳舞开始就匆匆的出去了，好像害怕或是厌恶似的。第一晚这样，第二晚又是这样：独自默默的坐着，到时候又匆匆的离去。到了第三晚她再来的时候我再也忍不住不想法接近她。第一次得着的回音，虽则是"多谢好意，我再不愿交友"的一个拒绝，只是加深了我的同情的好奇。我再不能放过她。巴黎的好处就在处处近人情；爱慕的自由是永远容许的。你见谁爱慕谁想接近谁，决不是犯罪，除非你在经程中泄漏了你的尘气暴气，陋相或是贫相，那不是文明的巴黎人所能容忍的。只要你"识相"，上海人说的，什么可能的机会你都可以利用。对方人理你不理你，当然又是一回事；但只要你的步骤对，文明的巴黎人决不让你难堪。

我不能放过她。第二次我大胆写了个字条付中间人——店主人——交去。我心里直怔怔的怕讨没趣。可是回话来了——她就走了，你跟着去吧。

她果然在饭店门口等着我。

你为什么一定要找我说话，先生，像我这再不愿意有朋友的人？

她张着大眼看我，口唇微微的颤着。

我的冒昧是不望恕的，但是我看了你忧郁的神情我足足难受了三天，也不知怎的我就想接近你，和你谈一次话，如其你许我，那就是我的想望，再没有别的意思。

真的她那眼内绽出了泪来，我话还没说完。

想不到我的心事又叫一个异邦人看透了……她声音都哑了。

111

　　我们在路灯的灯光下默默的互注了一晌，并着肩沿马路走去，走不到多远她说不能走，我就问了她的允许雇车坐上，直望波龙尼大林园清凉的暑夜里兜去。

　　原来如此，难怪你听了跳舞的音乐像是厌恶似的，但既然不愿意何以每晚还去？

　　那是我的感情作用；我有些舍不得不去，我在巴黎一天，那是我最初遇见——他的地方，但那时候的我……可是你真的同情我的际遇吗，先生？我快有两个月不开口了，不瞒你说，今晚见了你我再也不能制止，我爽性说给你我的生平的始末吧，只要你不嫌。我们还是回那饭庄去罢。

　　你不是厌烦跳舞的音乐吗？

　　她初次笑了。多齐整洁白的牙齿，在道上的幽光里亮着！有了你我的生气就回复了不少，我还怕什么音乐？

　　我们俩重进饭庄去选一个基角坐下，喝完了两瓶香槟，从十一时舞影最凌乱时谈起，直到早三时客人散尽侍役打扫屋子时才起身走，我在她的可怜身世的演述中遗忘了一切，当前的歌舞再不能分我丝毫的注意。

　　下面是她的自述。

　　我是在巴黎生长的。我从小就爱读天方夜谭的故事，以及当代描写东方的文学；啊东方，我的童真的梦魂那一刻不在它的玫瑰园中留恋？十四岁那年我的姊姊带我上比京去住，她在那边开一个时式的帽铺，有一天我看见一个小身材的中国人来买帽子，我就觉着奇怪，一来他长得异样的清秀，二来他为什么要来买那样时式的女帽；到了下午一个女太太拿了方才买去的帽子来换了，我姊姊就问她那中国人是谁，她说是她的丈夫，说开了头她就讲她当初怎样为爱他触怒了自己的父母，结果断绝了家庭和他结婚，但她一点也不追悔，因为她的中国丈夫待她怎样好法，她不信西方人会得像他那样体贴，那样温存。我再也忘不了她说话时满心怡悦的笑容。从此我仰慕东方的私衷又添深了一层颜色。

我再回巴黎的时候已经长成了，我父亲是最宠爱我的，我要什么他就给我什么。我那时就爱跳舞，啊，那些迷醉轻易的时光，巴黎那一处舞场上不见我的舞影。我的妙龄，我的颜色，我的体态，我的聪慧，尤其是我那媚人的大眼——啊，如今你见的只是悲惨的余生再不留当时的丰韵——制定了我初期的堕落。我说堕落不是？是的，堕落，人生那处不是堕落，这社会那里容得一个有姿色的女人保全她的清洁？我正快走入险路的时候，我那慈爱的老父早已看出我的倾向，私下安排了一个机会，叫我与一个有爵位的英国人接近。一个十七岁的女子那有什么主意，在两个月内我就做了新娘。

说起那四年结婚的生活，我也不应得过分的抱怨，但我们欧洲的势利的社会实在是树心里生了蠹，我怕再没有回复健康的希望。我到伦敦去做贵妇人时我还是个天真的孩子，那有什么机心，那懂得虚伪的卑鄙的人间的底里，我又是个外国人，到处遭受嫉忌与批评。还有我那叫名的丈夫。他娶我究竟为什么动机我始终不明白，许贪我年轻贪我貌美带回家去广告他自己的手段，因为真的我不曾感着他一息的真情；新婚不到几时他就对我冷淡了，其实他就没有热过，碰巧我是个傻孩子，一天不听着一半句软语，不受些温柔的怜惜，到晚上我就不自制的悲伤。他有的是钱，有的是趋奉谄媚，成天在外打猎作乐，我愁了不来慰我，我病了不来问我，连着三年抑郁的生涯完全消灭了我原来活泼快乐的天机，到第四年实在耽不住了，我与他吵一场。回巴黎再见我父亲的时候，他几乎不认识我了。我自此就永别了我的英国丈夫。因为虽则实际的离婚手续在他方面到前年方始办理，他从我走了后也就不再来顾问我——这算是欧洲人夫妻的情分！

我从伦敦回到巴黎，就比久困的雀儿重复飞回了林中，眼内又有了笑，脸上又添了春色，不但身体好多，就连童年时的种种想望又在我心头活了回来。三四年结婚的经验更叫我厌恶西欧，更叫我神往东方。东方，啊，浪漫的多情的东方！我心里常常的怀念着。有一晚，那一个运定的晚上，我就在这屋子内见着了他，与今晚一样的歌声，一样的舞影，想起还不就是昨天，多飞快的光阴，就可怜我一个单薄的女子，无端叫运神摆布，在情网里颠连，在经验的苦海里沉沦，朋友，我自分是已经埋葬了的活人，你何苦又来逼着我把往事掘起，我的话是简短的，但我身受的苦恼，朋友，你信我，是不可量的；你望我的眼里看，凭着你的同情你可以在刹那间领会我灵魂的真际！

他是菲利滨人，也不知怎的我初次见面就迷了他。他肤色是深黄的，但他的性情是不可信的温柔；他身材是短的，但他的私语有多叫人魂销的魔力？啊，我到如今还不能怨他；我爱他太深，我爱他太真，我如何能一刻忘他，虽则他到后来也是一样的薄情，一样的冷酷。你不倦么，朋友，等我讲给你听？

我自从认识了他我便倾注给他我满怀的柔情，我想他，那负心的他，也够他的享受，那三个月神仙似的生活！我们差不多每晚在此聚会的。秘谈是他与我，欢舞是他与我，人间再有更甜美的经验吗？朋友你知道痴心人赤心爱恋的疯狂吗？因为不仅满足了我私心的想望，我十多年梦魂缭绕的东方理想的实现。有他我什么都有了，此外我更有什么沾恋？因此等到我家里为这事情与我开始交涉的时候，我更不踌躇的与我生身的父母根本决绝。我此时又想起了我垂髫时在比京见着的那个嫁中国人的女子，她与我一样也为了痴情牺牲一切，我只希冀她这时还能保持着她那纯爱的生活，不比我这失运人成天在幻灭的辛辣中回味。

我爱定了他。他是在巴黎求学的，不是贵族，也不是富人，那更使我放心，因为我早年的经验使我迷信真爱情是穷人才能供给的。谁知他骗了我——他家里也是有钱的，那时我在热恋中抛弃了家，牺牲了名誉，跟了这黄脸人离却巴黎，辞别欧洲，经过一个月的海程，我就到了我理想的灿烂的东方。啊，我那时的希望与快乐！但才出了红海，他就上了心事，经我再三的逼，他才告诉他家里的实情，他父亲是菲利滨最有钱的土著，性情是极严厉的，他怕轻易不能收受我进他们的家庭。我真不愿意把此后可怜的身世烦你的听，朋友，但那才是我痴心人的结果，你耐心听着吧！

东方，东方才是我的烦恼！我这回投进了一个更陌生的社会，呼吸更沉闷的空气；他们自己中间也许有他们温软的人情，但轮着我的却一样还只是猜忌与讥刻，更不容情的刺袭我的孤独的性灵。果然他的家庭不容我进门，把我看作一个"巴黎淌来的可疑的妇人"。我为爱他也不知忍受了多少不可忍的侮辱，吞了多少悲泪，但我自慰的是他对我不变的恩情。因为在初到的一时他还是不时来慰我——我独自赁屋住着。但慢慢的也不知是人言浸润还是他原来爱我不深，他竟然表示割绝我的意思。朋友，试想我这孤身女子牺牲了一切为的还不是他的爱，如今连他都离了我，那我更有什么生机？我怎的始终不曾自毁，我至今还不信，因为我那时真的是没路走了。我又没有钱，他狠

115

心丢了我，我如何能再去缠他，这也许是我们白种人的倔强，我不久便揩干了眼泪，出门去自寻活路。我在一个菲美合种人的家里寻得了一个保姆的职务；天幸我生性是耐烦领小孩的——我在伦敦的日子没孩子管，我就养猫弄狗——救活我的是那三五个活灵的孩子，黑头发短手指的乖乖。在那炎热的岛上我是过了两年没颜色的生活，得了一次凶险的热病，从此我面上再不存青年期的光彩。我的心境正稍稍回复平衡的时候两件不幸的事情又临着了我：一件是我那他与另一女子的结婚，这消息使我昏绝了过去，一件是被我弃绝的慈父也不知怎的问得了我的踪迹，来电说他老病快死要我回去。啊，天罚我！等我赶回巴黎的时候正好赶着与老人诀别，忏悔我先前的造孽！

从此我在人间还有什么意趣？我只是个实体的鬼影，活动的尸体；我的心也早就死了，再也不起波澜；在初次失望的时候我想象中还有个辽远的东方，但如今东方只在我的心上留下一个鲜明的新伤，我更有什么希冀，更有什么心情？但我每晚还是不自主的到这饭店里来小坐，正如死去的鬼魂忘不了他的老家！我这一生的经验本不想再向人前吐露的，准知又碰着了你，苦苦的追着我，逼我再一度撩拨死尽的火灰，这来你够明白了，为什么我老是这落漠的神情，我猜你也是过路的客人，我深深自幸又接近一次人情的温慰，但我不敢希望什么。我的心是死定了的，时候也不早了，你看方才舞影凌乱的地板上现在只剩一片冷淡的灯光，侍役们已经收拾干净，我们也该走了，再会吧，多情的朋友！

二 "先生，你见过艳丽的肉没有？"

我在巴黎时常去看一个朋友，他是一个画家，住在一条老闻着鱼腥的小街底头一所老屋子的顶上一个A字式的尖阁里，光线暗惨得怕人，白天就靠两块日光胰子大小的玻璃窗给装装幌，反正住的人不嫌就得，他是照例不过正午不起身，不近天亮不上床的一位先生，下午他也不居家，起码总得上灯的时候他才脱下了他的外褂露出两条破烂的臂膀埋身在他那艳丽的垃圾窝里开始他的工作。

艳丽的垃圾窝——它本身就是一幅妙画！我说给你听听。贴墙有精窄的一条上面盖着黑毛毡的算是他的床，在这上面就准你规规矩矩的躺着，不说起坐一定扎脑袋，就连翻身也不免冒犯斜着下来永远不退让的屋顶先生的身分！承着顶尖全屋子顶宽舒的部分放着他的书桌——我捏着一把汗叫它书桌，其实还用提吗，上边什么法宝都有，画册子、稿本、黑炭、颜色盘子、烂袜子、领结、软领子、热水瓶子压瘪了的、烧干了的酒精灯、电筒、各色的药瓶、彩油瓶、脏手绢、断头的笔杆、没有盖的墨水瓶子。一柄手枪，那是瞒不过我花七法郎在密歇耳大街路旁旧货摊上换来的。照相镜子、小手镜、断齿的梳子、蜜膏、晚上喝不完的咖啡杯、详梦的小书，还有——还有可疑的小纸盒儿，凡士林一类的油膏，……一只破木板箱一头漆着名字上面蒙着一块灰色布的是他的梳妆台兼书架，一个洋磁面盆半盆的胰子水似乎都叫一部旧版的卢骚集子给饕了去，一顶便帽套在洋瓷长提壶的耳柄上，从袋底里倒出来的小铜钱错落的散着像是土耳其人的符咒，几只稀小的烂苹果围着一条破香蕉像是一群大学教授们围着一个教育次长索薪……

壁上看得更斑斓了：这是我顶得意的一张庞那的底稿当废纸买来的，这是我临蒙内的裸体，不十分行，我来撩起灯罩你可以看清楚一点，草色太浓了，那膝部画坏了，这一小幅更名贵，你认是谁，罗丹的！那是我前年最大的运气，也算是错来的，老巴黎就是这点子便宜，挨了半年八个月的饿不要紧，只要有机会捞着真东西，这还不值得！那边一张挤在两幅油画缝里的，你见了没有，也是有来历的，那是我前年趁马克倒霉路过佛兰克福德时夹手抢来的，是真的孟寮尔都难说，就差糊了一点，现在你给三千法郎我都不卖，加倍再加倍都值，你信不信？再看那一长条……在他那手指东点西的卖弄他的家珍的时候，你竟会忘了你站着的地方是不够六尺阔的一间阁楼，倒像跨在你头顶那两片斜着下来的屋顶也顺着他那艺术谈法术似的隐了去，露出一个爽恺的高天，壁上的疙瘩，壁蟢窠，霉块，钉疤，全化成了哥罗画帧中"飘飘欲化烟"的最美丽林树与轻快的流涧；桌上的破领带及手绢烂香蕉臭袜子等等也全变形成戴大阔边稻草帽的牧童们，偎着树打盹的，牵着牛在涧里喝水的，手反衬着脑袋放平在青草地上瞪眼看天的，斜眼瞄着那边走进来的娘们手按着音腔吹横笛的——可不是那边来了一群娘们，全是年岁青青的，露着胸膛，散着头发，还有光着白腿的在青草地上跳着来了？……唵！小心扎脑袋，这屋子真别扭，你出什么神来了？想着你的Bel Ami对不对？你到巴黎快半个月，该早有落儿了，这年头收成真容易——咙，太容易了！谁说巴黎不是理想的地狱？你吸烟斗吗？这儿有自来火。对不起，屋子里除了床，就是那张弹簧早经追悼过了的沙发，你坐坐吧，给你一个垫子，这是全屋子顶温柔的一样东西。

不错，那沙发，这阁楼上要没有那张沙发，主人的风格就落了一个极重要的原素。说它肚子里的弹簧完全没了劲，在主人说是太谦，在我说是简直污蔑了它。因为分明有一部分内簧是不曾死透的，那在正中间，看来倒像是一座分水岭，左右都是往下倾的，我初坐下时不提防它还有弹力，倒叫我骇了一下；靠手的套布可真是全霉了，露着黑黑黄黄不知是什么货色，活像主人衬衫的袖子。我正落了坐，他咬了咬嘴唇翻一翻眼珠微微的笑了。笑什么了你？我笑——你坐上沙发那样儿叫我想起爱菱。爱菱是谁？她呀——她是我第一个模特儿。模特儿？你的？你的破房子还有模特儿，你这穷鬼花得起……别急，究竟是中国初来的，听了模特儿就这样的起劲，看你那脖子都上了红印了！本来不算事，当然，可是我说像你这样的破鸡棚……破鸡棚便怎么样，耶稣生在马号里的，安琪儿们都在马矢里跪着礼拜那！别忙，好朋友，我讲你听。如其巴黎人有一个好处，他就是不势利！中国人顶糟了，这一点；穷人有穷人的势利，阔人有阔人的势利，半不阑珊的有半不阑珊的势利——那才是半开化，才是野蛮！你看像我这样子，头发像刺猬，八九天不刮的破胡子，半年不收拾的脏衣服，鞋带扣不上的皮鞋——要在中国，谁不叫我外国叫化子，那配进北京饭店一类的势利场；可是在巴黎，我就这样儿随便问那一个衣服顶漂亮脖子搽得顶香的娘们跳舞，十回就有九回成，你信不信？至于模特儿，那更不成话，那有在巴黎学美术的，不论多穷，一年里不换十来个眼珠亮亮的来坐样儿？屋子破更算什么？波希民的生活就是这样，按你说模特儿就不该坐坏沙发，你得准备杏黄贡缎绣丹凤朝阳做垫的太师椅请她坐你才安心对不对？再说……

　　别再说了！算我少见世面，算我是乡下老戆，得了；可是说起模特儿，我倒有点好奇，你何妨讲些经验给我长长见识？有真好的没有？我们在美术院里见着的什么维纳丝得米罗，维纳丝梅第妻，还有铁青的，鲁班师的，鲍第千里的，丁稻来笃的，箕奥其安内的裸体实在是太美，太理想，太不可能，太不可思议；反面说，新派的比如雪尼约克的，玛提斯的，塞尚的，高耿的，弗朗刺马克的，又是太丑，太损，太不像人，一样的太不可能，太不可思议。人体美，究竟怎么一回事，我们不幸生长在中国，女人衣服一直穿到下巴底下，腰身与后部看不出多大分别的世界里，实在是太蒙昧无知，太不开眼。可是再说呢，东方人也许根本就不该叫人开眼的，你看过约翰巴里士那本《沙扬娜拉》没有，他那一段形容一个日本裸体舞女——就是一张脸子粉搽得像棺材里爬起来的颜色，此外耳朵以后下巴以下就比如一节蒸不透的珍珠米！——看了真叫人恶心。你们学美术的才有第一手的经验，我倒是……

你倒是真有点羡慕，对不对？不怪你，人总是人。不瞒你说，我学画画原来的动机也就是这点子对人体秘密的好奇。你说我穷相，不错，我真是穷，饭都吃不出，衣都穿不全，可是模特儿——我怎么也省不了。这对人体美的欣赏在我已经成了一种生理的要求，必要的奢侈，不可摆脱的嗜好；我宁可少吃俭穿，省下几个法郎来多雇几个模特儿。你简直可以说我是着了迷，成了病，发了疯，爱说什么就什么，我都承认——我就不能一天没有一个精光的女人躺在我的面前供养，安慰，喂饱我的"眼淫"。当初罗丹我猜也一定与我一样的狼狈，据说他那房子里老是有剥光了的女人，也不为坐样儿，单看她们日常生活"实际的"多变化的姿态——他是一个牧羊人，成天看着一群剥了毛皮的驯羊！鲁班师那位穷凶极恶的大手笔，说是常难为他太太做模特儿，结果因为他成天不断的画他太太竟许连穿裤子的空儿都难得有！但如果这话是真的鲁班师还是太傻，难怪他那画里的女人都是这剥白猪似的单调，少变化；美的分配在人体上是极神秘的一个现象，我不信有理想的全材，不论男女我想几乎是不可能的；上帝拿着一把颜色望地面上撒，玫瑰、罗兰、石榴、玉簪、剪秋罗，各样都沾到了一种或几种的彩泽，但决没有一种花包涵所有可能的色调的，那如其有，按理论讲，岂不是又得回复了没颜色的本相？人体美也是这样的，有的美在胸部，有的腰部，有的下部，有的头发，有的手，有的脚踝，那不可理解的骨骼，筋肉，肌理的会合，形成各各不同的线条，色调的变化，皮面的涨度，毛管的分配，天然的姿态，不可制止的表情——也得你不怕麻烦细心体会发见去，上帝没有这样便宜你的事情，他决不给你一个具体的绝对美，如果有我们所有艺术的努力就没了意义；巧妙就在你明知这山里有金子，可是在那一点你得自己下工夫去找。啊！说起这艺术家审美的本能，我真要闭着眼感谢上帝——要不是它，岂不是所有人体的美，说窄一点，都变了古长安道上历代帝王的墓窟，全叫一层或几层薄薄的衣服给埋没了！回头我给你看我那张破床底下有一本宝贝，我这十年血汗辛苦的成绩——千把张的人体临摹，而且十分之九是在这间破鸡棚里勾下的，别看低我这张弹簧早经追悼了的沙发，这上面落坐过至少一二百个当得起美字的女人！别提专门做模特儿的，巴黎那一个不知道俺家黄脸什么，那不算希奇，我自负的是我独到的发见：一半因为看多了缘故，女人肉的引诱在我差不多完全消灭在美的欣赏里面，结果在我这双"淫眼"看来，一丝不挂的女人就同紫霞宫里翻出来的尸首穿得重重密密的摇不动我的性欲，反面说当真穿着得极整齐的女人，不论她在人堆里站着，在路上走着，只要我的眼到，她的衣服的障碍就无形的消灭，正如老练的矿师一瞥就认出矿苗，我这美术本能也是一瞥就认出"美苗"，一百次里错不了一次；每回发见了可能的时候，我就非想法找到她剥光了她叫我看个满意不成，上帝保佑这文明的巴黎，我失望的

121

时候真难得有！我记得有一次在戏院子看着了一个贵妇人，实在没法想（我当然试来）我那难受就不用提了，比发疟疾还难受——她那特长分明是在小腹与……

够了够了！我倒叫你说得心痒痒的。人体美！这门学问，这门福气，我们不幸生长在东方谁有机会研究享受过来？可是我既然到了巴黎，又幸气碰着你，我倒真想叨你的光开开我的眼，你得替我想法，要找在你这宏富的经验中比较最贴近理想的一个看看……

你又错了！什么，你意思花就许巴黎的花香，人体就许巴黎的美吗？太灭自己的威风了！别信那巴理士什么《沙扬娜拉》的胡说；听我说，正如东方的玫瑰不比西方的玫瑰差什么香味，东方的人体在得到相当的栽培以后，也同样不能比西方的人体差什么美——除了天然的限度，比如骨骼的大小，皮肤的色彩。同时顶要紧的当然要你自己性灵里有审美的活动，你得有眼睛，要不然这宇宙不论它本身多美多神奇在你还是白来的。我在巴黎苦过这十年，就为前途有一个宏愿：我要张大了我这经过训练的"淫眼"到东方去发见人体美——谁说我没有大文章做出来？至于你要借我的光开开眼，那是最容易不过的事情，可是我想想——可惜了！有个马达姆朗洒，原先在巴黎大学当物理讲师的，你看了准忘不了，现在可不在了，到伦敦去了；还有一个马达姆薛托漾，她是远在南边乡下开面包铺子的，她就够打倒你所有的丁稻来笃，所有的铁青，所有的箕奥其安内——尤其是给你这未入流看，长得太美了，她通体就看不出一根骨头的影子，全叫匀匀的肉给隐住的，圆的，润的，有一致节奏的，那妙是一百个哥蒂蔼也形容不全的，尤其是她那腰以下的结构，真是奇迹！你从意大利来该见过西龙尼维纳丝的残像，就那也只能仿佛，你不知道那活的气息的神奇，什么大艺术天才都没法移植到画布上或是石塑上去的（因此我常常自己心里辩论究竟是艺术高出自然还是自然高出艺术，我怕上帝僭先的机会毕竟比凡人多些）；不提别的单就她站在那里你看，从小腹接榫上股那两条交荟的弧线起直往下贯到脚着地处止，那肉的浪纹就比是——实在是无可比——你梦里听着的音乐：不可信的轻柔，不可信的匀净，不可信的韵味——说粗一点，那两股相并处的一条线直贯到底，不漏一屑的破绽，你想通过一根发丝或是吹度一丝风息都是绝对不可能的——但同时又决不是肥肉的粘着，那就呆了。真是梦！唉，就可惜多美一个天才偏叫一个身高六尺三寸长红胡子的面包师给糟蹋了；真的这世上的因缘说来真怪，我很少看见美妇人不嫁给猴子类牛类水马类的丑男人！但这是支话。眼前我招得到的，够资格的也就不少——有了，方才你坐上这沙发的时候叫我想起了爱菱，也许你与她有缘分，我就为你招她去吧，我想应该可以容易招到的。可是上那儿呢？这屋子终究不是欣赏美妇人的理想背景，第一不够开展，第二光线不够——至少为外行人像你一类着想……我有了一个顶好的主意，你远来客我也该独出心裁招待你一次，好在爱菱与我特别的熟，我要她怎么她就怎么；暂且约定后天吧，你上午十二点到我这里来，我们一同到芳丹薄罗的大森林里去，那是我常游的地方，尤其是阿房奇石相近一带，那边有的是天然的地毯，这一时是自然最妖艳的日子，草青得滴得出翠来，树绿得涨得出油来，松鼠满地满树都是，也不很怕人，顶好玩的，我们决计到那一带去秘密野餐吧——至于"开眼"的话，我包你一个百二十分的满足，将来一定是你从欧洲带回家最不易磨灭的一个印象！一切有我布置去，你要是愿意贡献的话，也不用别的，就要你多买大杨梅，再带一瓶橘子酒，一瓶绿酒，我们享

123

半天闲福去。现在我讲得也累了，我得躺一会儿，我拿我床底下那本秘本给你先揣摹揣摹……

隔一天我们从芳丹薄罗林子里回巴黎的时候，我仿佛刚做了一个最荒唐，最艳丽，最秘密的梦。

翡冷翠山居闲话

在这里出门散步去，上山或是下山，在 一个晴好的五月的向晚，正像是去赴一个美的宴会，比如去一果子园，那边每株树上都是满挂着诗情最秀逸的果实，假如你单是站着看还不满意时，只要你一伸手就可以采取，可以恣尝鲜味，足够你性灵的迷醉。阳光正好暖和，决不过暖；风息是温驯的，而且往往因为他是从繁花的山林里吹度过来他带来一股幽远的淡香，连着一息滋润的水气，摩挲着你的颜面，轻绕着你的肩腰，就这单纯的呼吸已是无穷的愉快；空气总是明净的，近谷内不生烟，远山上不起霭，那美秀风景的全部正像画片似的展露在你的眼前，供你闲暇的鉴赏。

作客山中的妙处，尤在你永不须踌躇你的服色与体态；你不妨摇曳着一头的蓬草，不妨纵容你满腮的苔藓；你爱穿什么就穿什么；扮一个牧童，扮一个渔翁，装一个农夫，装一个走江湖的桀卜闪，装一个猎户；你再不必提心整理你的领结，你尽可以不用领结，给你的颈根与胸膛一半日的自由，你可以拿一条这边颜色的长巾包在你的头上，学一个太平军的头目，或是拜伦那埃及装的姿态；但最要紧的是穿上你最旧的旧鞋，别管他模样不佳，他们是顶可爱的好友，他们承着你的体重却不叫你记起你还有一双脚在你的底下。

这样的玩顶好是不要约伴，我竟想严格的取缔，只许你独身；因为有了伴多少总得叫你分心，尤其是年轻的女伴，那是最危险最专制不过的旅伴，你应得躲避她像你躲避青草里一条美丽的花蛇！平常我们从自己家里走到朋友的家里，或是我们执事的地方，那无非是在同一个大牢里从一间狱室移到另一间狱室去，拘束永远跟着我们，自由永远寻不到我们；但在这春夏间美秀的山中或乡间你要是有机会独身闲逛时，那才是你福星高照的时候，那才是你实际领受，亲口尝味，自由与自在的时候，那才是你肉体与灵魂行动一致的时候；朋友们，我们多长一岁年纪往往只是加重我们头上的枷，加紧我们脚胫上的链，我们见小孩子在草里在沙堆里在浅水里打滚作乐，或是看见小猫追他自己的尾巴，何尝没有羡慕的时候，但我们的枷，我们的链永远是制定我们行动的上司！所以只有你单身奔赴大自然的怀抱时，像一个裸体的小孩扑入他母亲的怀抱时，你才知道灵魂的愉快是怎样的，单是活着的快乐是怎样的，单就呼吸单就走道单就张眼看耸耳听的幸福是怎样的。因此你得严格的为己，极端的自私，只许你，体魄与性灵，与自然同在一个脉搏里跳动，同在一个音波里起伏，同在一个神奇的宇宙里自得。我们浑朴的天真是像含羞草似的娇柔，一经同伴的抵触，他就卷了起来，但在澄静的日光下，和风中，他的姿态是自然的，他的生活是无阻碍的。

你一个人漫游的时候，你就会在青草里坐地仰卧，甚至有时打滚，因为草的和暖的颜色自然的唤起你童稚的活泼；在静僻的道上你就会不自主的狂舞，看着你自己的身影幻出种种诡异的变相，因为道旁树木的阴影在他们纤徐的婆娑里暗示你舞蹈的快乐；你也会得信口的歌唱，偶尔记起断片的音调，与你自己随口的小曲，因为树林中的莺燕告诉你春光是应得赞美的；更不必说你的胸襟自然会跟着曼长的山径开拓，你的心地会看着澄蓝的天空静定，你的思想和着山罅间的水声，山罅里的泉响，有时一澄到底的清澈，有时激起成章的波动，流，流，流入凉爽的橄榄林中，流入妩媚的阿诺河去……

并且你不但不须应伴，每逢这样的游行，你也不必带书。书是理想的伴侣，但你应得带书，是在火车上，在你住处的客室里，不是在你独身漫步的时候。什么伟大的深沉的鼓舞的清明的优美的思想的根源不是可以在风籁中，云彩里，山势与地形的起伏里，花草的颜色与香息里寻得？自然是最伟大的一部书，葛德说，在他每一页的字句里我们读得最深奥的消息。并且这书上的文字是人人懂得的；阿尔帕斯与五老峰，雪西里与普陀山，莱因河与扬子江；梨梦湖与西子湖，建兰与琼花，杭州西溪的芦雪与威尼市夕照的红潮，百灵与夜莺，更不提一般黄的黄麦，一般紫的紫藤，一般青的青草同在大地上生长，同在和风中波动——他们应用的符号是永远一致的，他们的意义是永远明显的，只要你自己心灵上不长疮瘢，眼不盲，耳不塞，这无形迹的最高等教育便永远是你的名分，这不取费的最珍贵的补剂便永远供你的受用；只要你认识了这一部书，你在这世界上寂寞时便不寂寞，穷困时不穷困，苦恼时有安慰，挫折时有鼓励，软弱时有督责，迷失时有南针。

印度洋上的秋思

昨夜中秋。黄昏时西天挂下一大帘的云母屏,掩住了落日的光潮,将海天一体化成暗蓝色,寂静得如黑衣尼在圣座前默祷。过了一刻,即听得船梢布篷上窸窸窣窣啜泣起来,低压的云夹着迷蒙的雨色,将海线逼得像湖一般窄,沿边的黑影,也辨认不出是山是云,但涕泪的痕迹,却满布在空中水上。

又是一番秋意!那雨声在急骤之中,有零落萧疏的况味,连着阴沉的气氲,只是在我灵魂的耳畔私语道:"秋"!我原来无欢的心境,抵御不住那样温婉的浸润,也就开放了春夏间所积受的秋思,和此时外来的怨艾构合,产出一个弱的婴儿——"愁"。

天色早已沉黑,雨也已休止。但方才啜泣的云,还疏松地幕在天空,只露着些惨白的微光,预告明月已经装束齐整,专等开幕。同时船烟正在莽莽苍苍地吞吐,筑成一座蟒鳞的长桥,直联及西天尽处,和轮船泛出的一流翠波白沫,上下对照,留恋西来的踪迹。

北天云幕豁处,一颗鲜翠的明星,喜孜孜地先来问探消息,像新嫁媳的侍婢,也穿扮得遍体光艳。但新娘依然姗姗未出。

　　我小的时候，每于中秋夜，呆坐在楼窗外等看"月华"。若然天上有云雾缭绕，我就替"亮晶晶的月亮"担忧。若然见了鱼鳞似的云彩，我的小心就欣欣怡悦，默祷着月儿快些开花，因为我常听人说只要有"瓦楞"云，就有月华；但在月光放彩以前，我母亲早已逼我去上床，所以月华只是我脑筋里一个不曾实现的想象，直到如今。

　　现在天上砌满了瓦楞云彩，霎时间引起了我早年许多有趣的记忆——但我的纯洁的童心，如今那里去了！

　　月光有一种神秘的引力。她能使海波咆哮，她能使悲绪生潮。月下的喟息可以结聚成山，月下的情泪可以培畤百亩的畹兰，千茎的紫琳耿。我疑悲哀是人类先天的遗传，否则，何以我们儿年不知悲感的时期，有时对着一泻的清辉，也往往凄心滴泪呢？

　　但我今夜却不曾流泪。不是无泪可滴，也不是文明教育将我最纯洁的本能锄净，却为是感觉了神圣的悲哀，将我理解的好奇心激动，想学契古特白登来解剖这神秘的"眸冷骨累"。冷的智永远是热的情的死仇。他们不能相容的。

　　但在这样浪漫的月夜，要来练习冷酷的分析，似乎不近人情！所以我的心机一转，重复将锋快的智刃剧起，让沉醉的情泪自然流转，听他产生什么音乐，让绻缠的诗魂漫自低回，看他寻出什么梦境。

　　明月正在云岩中间，周围有一圈黄色的彩晕，一阵阵的轻霭，在她面前扯过。海上几百道起伏的银沟，一齐在微叱凄其的音节，此外不受清辉的波域，在暗中坟坟涨落，不知是怨是慕。

　　我一面将自己一部分的情感，看入自然界的现象，一面拿着纸笔，痴望着月彩，想从她明洁的辉光里，看出今夜地面上秋思的痕迹，希冀她们在我心里，凝成高洁情绪的菁华。因为她光明的捷足，今夜遍走天涯，人间的恩怨，那一件不经过她的慧眼呢？

印度的Ganges（埂奇）河边有一座小村落，村外一个榕绒密绣的湖边，坐着一对情醉的男女，他们中间草地上放着一尊古铜香炉，烧着上品的水息，那温柔婉恋的烟篆，沉馥香浓的热气，便是他们爱感的象征月光从云端里轻俯下来，在那女子脑前的珠串上，水息的烟尾上，印下一个慈吻，微哂，重复登上她的云艇，上前驶去。

一家别院的楼上，窗帘不曾放下，几枝肥满的桐叶正在玻璃上摇曳斗趣，月光窥见了窗内一张小蚊床上紫纱帐里，安眠着一个安琪儿似的小孩，她轻轻挨进身去，在他温软的眼睫上，嫩桃似的腮上，抚摩了一会。又将她银色的纤指，理齐了他脐圆的额发，蔼然微哂着，又回她的云海去了。

一个失望的诗人，坐在河边一块石头上，满面写着幽郁的神情，他爱人的倩影，在他胸中像河水似的流动，他又不能在失望的渣滓里榨出些微甘液，他张开两手，仰着头，让大慈大悲的月光，那时正在过路，洗沐他泪腺湿肿的眼眶，他似乎感觉到清心的安慰，立即摸出一枝笔，在白衣襟上写道：

　　月光，
　　你是失望儿的乳娘！

面海一座柴屋的窗棂里，望得见屋里的内容：一张小桌上放着半块面包和几条冷肉，晚餐的剩余，窗前几上开着一本家用的圣经，炉架上两座点着的烛台，不住地在流泪，旁边坐着一个皱面驼腰的老妇人，两眼半闭不闭地落在伏在她膝上悲泣的一个少妇，她的长裙散在地板上像一只大花蝶。老妇人掉头向窗外望，只见远远海涛起伏，和慈祥的月光在拥抱密吻，她叹了声气向着斜照在圣经上的月彩嗫道：

"真绝望了！真绝望了！"

她独自在她精雅的书室里，把灯火一齐熄了，倚在窗口一架藤椅上，月光从东墙肩上斜泻下去，笼住她的全身，在花砖上幻出一个窈窕的倩影，她两根垂辫的发梢，她微澹的媚唇，和庭前几茎高崎的玉兰花，都在静秘的月色中微颤，她加她的呼吸，吐出一股幽香，不但邻近的花草，连月儿闻了，也禁不住迷醉，她腮边天然的妙涡，已有好几日不圆满：她瘦损了。但她在想什么呢？月光，你能否将我的梦魂带去，放在离她三五尺的玉兰花枝上。

威尔斯西境一座矿床附近，有三个工人，口衔着笨重的烟斗，在月光中间坐。他们所能想到的话都已讲完，但这异样的月彩，在他们对面的松林，左首的溪水上，平添了不可言语比说的妩媚，惟有他们工余倦极的眼珠不阉，彼此不约而同今晚较往常多抽了两斗的烟，但他们矿火熏黑，煤块擦黑的面容。表示他们心灵的薄弱，在享乐烟斗以外，虽然秋月溪声的载刺，也不能有精美情绪之反感。等月影移西一些，他们默默地扑出了一斗灰，起身进屋，各自登床睡去。月光从屋背飘眼望进去，只见他们都已睡熟；他们即使有梦，也无非矿内矿外的景色！

月光渡过了爱尔兰海峡，爬上海尔佛林的高峰，正对着静默的红潭。潭水凝定得像一大块冰，铁青色。四周斜坦的小峰，全都满铺着蟹青和蛋白色的岩片碎石，一株矮树都没有。沿潭间有些丛草，那全体形势，正像一大青碗，现在满盛了清洁的月辉，静极了，草里不闻虫吟，水里不闻鱼跃；只有石缝里潜涧沥淅之声，断续地作响，仿佛一座大教学里点着一星小火，益发对照出静穆宁寂的境界，月儿在铁色的潭面上，倦倚了半晌，重复拔起她的银筹，过山去了。

昨天船离了新加坡以后，方向从正东改为东北，所以前几天的船梢正对落日，此后"晚霞的工厂"渐渐移到我们船向的左手来了。

昨夜吃过晚饭上甲板的时候，船右一海银波，在犀利之中涵有幽秘的彩色，凄清的表情，引起了我的凝视。那放银光的圆球正挂在你头上，如其起靠着船头仰望。她今夜并不十分鲜艳：她精圆的芳容上似乎轻笼着一层藕灰色的薄纱；轻漾着一种悲唷的音调；轻染着几痕泪化的雾霭。她并不十分鲜艳，然而她素洁温柔的光线中，犹之少女浅蓝妙眼的斜瞟；犹之春阳融解在山巅白云反映的嫩色，含有不可解的迷力，媚态，世间凡具有感觉性的人，只要承沐着她的清辉，就发生也是不可理解的反应，引起隐复的内心境界的紧张，——像琴弦一样，——人生最微妙的情绪，载震生命所蕴藏高洁名贵创现的冲动。有时在心理状态之前，或于同时，撼动躯体的组织，使感觉血液中突起冰流之冰流；嗅神经难禁之酸辛，内藏汹涌之跳动，泪腺之骤热与润湿。那就是秋月兴起的秋思——愁。

昨晚的月色就是秋思的泉源，岂止，直是悲哀幽骚悱怨沉郁的象征，是季候运转的伟剧中最神秘亦最自然的一幕，诗艺界最凄凉亦最微妙的一个消息。

今夜月明人尽望，不知秋思在谁家。

中国字形具有一种独一的妩媚，有几个字的结构，我看来纯是艺术家的匠心：这也是我们国粹之尤粹者之一。譬如"秋"字，已经是一个极美的字形："愁"字更是文字史上有数的杰作；有石开湖晕，风扫松针的妙处，这一群点画的配置，简直经过柯罗的画篆，米仡朗其罗的雕圭，Chopin的神感；像——用一个科学的比喻——原子的结构，将旋转宇宙的大力收缩成一个无形无踪的电核；这十三笔造成的象征，似乎是宇宙和人生悲惨的现象和经验，吁嗟和涕泪，所凝成最纯粹精密的结晶，满充了催迷的秘力。你若然有高蒂闲（Gautier）异超的知感性，定然可以梦到，愁字变形为秋霞黯绿色的通明宝玉，若用银槌轻击之，当吐银色的幽咽电蛇似腾入云天。

我并不是为寻秋意而看月，更不是为觅新愁而访秋月；蓄意沉浸于悲哀的生活，是丹德所不许的。我盖见月而感秋色，因秋窗而拈新愁：人是一簇脆弱而富于反射性的神经！

我重复回到现实的景色，轻裹在云锦之中的秋月，像一个遍体蒙纱的女郎，她那团圆清朗的外貌像新娘，但同时她幂弦的颜色，那是藕灰，她踟蹰的行踵，掩泣的痕迹，又使人疑是送丧的丽姝。所以我曾说：

秋月呀？
我不盼望你团圆。

这是秋月的特色，不论她是悬在落日残照边的新镰，与"黄昏晓"竞艳的眉钩，中宵斗没西陲的金碗，星云参差间的银床，以至一轮腆满的中秋，不论盈昃高下，总在原来澄爽明秋之中，遍洒着一种我只能称之为"悲哀的轻霭"，和"传愁的以太"。即使你原来无愁，见此也禁不得沾染那"灰色的音调"，渐渐兴感起来！

秋月呀！
谁禁得起银指尖儿
浪漫地搔爬呵！

　　不信但看那一海的轻涛，可不是禁不住她一指的抚摩，在那里低徊饮泣呢！就是那：

无聊的云烟，
秋月的美满，
熏暖了飘心冷眼，
也清冷地穿上了轻缟的衣裳，
来参与这
美满的婚姻和丧礼。

我所知道的康桥

一

我这一生的周折，大都寻得出感情的线索。不论别的，单说求学。我到英国是为要从罗素。罗素来中国时，我已经在美国。他那不确的死耗传到的时候，我真的出眼泪不够，还做悼诗来了。他没有死，我自然高兴。我摆脱了哥伦比亚大博士衔的引诱，买船票过大西洋，想跟这位二十世纪的福禄泰尔认真念一点书去。谁知一到英国才知道事情变样了：一为他在战时主张和平，二为他离婚，罗素叫康桥给除名了，他原来是Trinity College的fellow，这来他的fellowship也给取消了。他回英国后就在伦敦住下，夫妻两人卖文章过日子。因此我也不曾遂我从学的始愿。我在伦敦政治经济学院里混了半年，正感着闷想换路走的时候，我认识了狄更生先生。狄更生——Galsworthy lowes Dickinson——是一个有名的作者，他的《一个中国人通信》（*Letters from John Chinaman*）与《一个现代聚餐谈话》（*A Modern Symposium*）两本小册子早得了我的景仰。我第一次会着他是在伦敦国际联盟协会席上，那天林宗孟先生演说，他做主席；第二次是宗孟寓里吃茶，有他。以后我常到他家里去。他看出我的烦闷，劝我到康桥去，他自己是王家学院（Kings College）的fellow。我就写信去问两个学院，回信都说学额早满了，随后还是狄更生先生替我去在他的学院里说好了，给我一个特别生的资格，随意选科听讲。从此黑方巾、黑披袍的风光也被我占着了。初起我在离康桥六英里的乡下叫沙士顿地方租了几间小屋住下，同居的有我从前的夫人张幼仪女士与郭虞裳君。每天一早我坐街车（有时自行车）上学，到晚回家。这样的生活过了一个春，但我在康桥还只是个陌生人，谁都不认识，康桥的生活，可以说完全不曾尝着，我知道的只是一个图书馆，几个课室，和三两个吃便宜饭的茶食铺子。狄更生常在伦敦或是大陆上，所以也不常见他。那年的秋季我一个人回到康桥，整整有一学年，那时我才有机会接近真正的康桥生活，同时我也慢慢的"发见"了康桥。我不曾知道过更大的愉快。

二

"单独"是一个耐寻味的现象。我有时想它是任何发见的第一个条件。你要发见你的朋友的"真"，你得有与他单独的机会。你要发见你自己的真，你得给你自己一个单独的机会。你要发见一个地方（地方一样有灵性），你也得有单独玩的机会。我们这一辈子，认真说，能认识几个人？能认识几个地方？我们都是太匆忙，太没有单独的机会。说实话，我连我的本乡都没有什么了解。康桥我要算是有相当交情的，再次许只有新认识的翡冷翠了。啊，那些清晨，那些黄昏，我一个人发痴似的在康桥！绝对的单独。

但一个人要写他最心爱的物件，不论是人是地，是多么使他为难的一个工作？你怕，你怕描坏了它，你怕说过分了恼了它，你怕说太谨慎了辜负了它。我现在想写康桥，也正是这样的心理，我不曾写，我就知道这回是写不好的——况且又是临时逼出来的事情。但我却不能不写，上期预告已经出去了。我想勉强分两节写：一是我所知道的康桥的天然景色；一是我所知道的康桥的学生生活。我今晚只能极简的写些，等以后有兴会时再补。

三

康桥的灵性全在一条河上；康河，我敢说，是全世界最秀丽的一条水。河的名字是葛兰大（Granta），也有叫康河（River Cam）的，许有上下流的区别，我不甚清楚。河身多的是曲折，上游是有名的拜伦潭——"Byron's Pool"——当年拜伦常在那里玩的；有一个老村子叫格兰骞斯德，有一个果子园，你可以躺在累累的桃李树荫下吃茶，茶果会掉入你的茶杯，小雀子会到你桌上来啄食，那真是别有一番天地。这是上游；下游是从骞斯德顿下去，河面展开，那是春夏间竞舟的场所。上下河分界处有一个坝筑，水流急得很，在星光下听水声，听近村晚钟声，听河畔倦牛刍草声，是我康桥经验中最神秘的一种：大自然的优美、宁静，调谐在这星光与波光的默契中不期然的淹入了你的性灵。

但康河的精华是在它的中权，著名的"Backs"，这两岸是几个最蜚声的学院的建筑。从上面下来是Pembroke, St.Katharine's, King's, Clare, Trinity, St.John's。最令人留连的一节是克莱亚与王家学院的毗连处，克莱亚的秀丽紧邻着王家教堂（King' s Chapel）的宏伟。别的地方尽有更美更庄严的建筑，例如巴黎赛因河的罗浮宫一带，威尼斯的利阿尔多大桥的两岸，翡冷翠维基乌大桥的周遭；但康桥的"Backs"自有它的特长，这不容易用一二个状词来概括，它那脱尽尘埃气的一种清澈秀逸的意境可说是超出了画图而化生了音乐的神味。再没有比这一群建筑更调谐更匀称的了！论画，可比的许只有柯罗（Corot）的田野；论音乐，可比的许只有萧班（Chopin）的夜曲。就这也不能给你依稀的印象，它给你的美感简直是神灵性的一种。

假如你站在王家学院桥边的那棵大椈树荫下眺望，右侧面，隔着一大方浅草坪，是我们的校友居（fellows building），那年代并不早，但它的妩媚也是不可掩的，它那苍白的石壁上春夏间满缀着艳色的蔷薇在和风中摇头，更移左是那教堂，森林似的尖阁不可浼的永远直指着天空；更左是克莱亚，啊！那不可信的玲珑的方庭，谁说这不是圣克莱亚（St.Clare）的化身，那一块石上不闪耀着她当年圣洁的精神？在克莱亚后背隐约可辨的是康桥最潢贵最骄纵的三一学院（Trinity），它那临河的图书楼上坐镇着拜伦神采惊人的雕像。

但这时你的注意早已叫克莱亚的三环洞桥魔术似的摄住。你见过西湖白堤上的西冷断桥不是？（可怜它们早已叫代表近代丑恶精神的汽车公司给铲平了，现在它们跟着苍凉的雷峰永远辞别了人间）你忘不了那桥上斑驳的苍苔，木栅的古色，与那桥拱下泄露的湖光与山色不是？克莱亚并没有那样体面的衬托，它也不比庐山栖贤寺旁的观音桥，上瞰五老的奇峰，下临深潭与飞瀑；它只是怯怜怜的一座三环洞的小桥，它那桥洞间也只掩映着细纹的波鄰与婆娑的树影，它那桥上栉比的小穿兰与兰节顶上双双的白石球，也只是村姑子头上不夸张的香草与野花一类的装饰；但你凝神的看着，更凝神的看着，你再反省你的心境，看还有一丝屑的俗念沾滞不？只要你审美的本能不曾泯灭时，这是你的机会实现纯粹美感的神奇！

但你还得选你赏鉴的时辰。英国的天时与气候是走极端的。冬天是荒谬的坏，逢着连绵的雾盲天你一定不迟疑的甘愿进地狱本身去试试；春天（英国是几乎没有夏天的）是更荒谬的可爱，尤其是它那四五月间最渐缓最艳丽的黄昏，那才真是寸寸黄金。在康河边上过一个黄昏是一服灵魂的补剂。啊！我那时蜜甜的单独，那时蜜甜的闲暇。一晚又一晚的，只见我出神似的倚在桥阑上向西天凝望：——

> 看一回凝静的桥影，
> 数一数螺钿的波纹，
> 我倚暖了石阑的青苔，
> 青苔凉透了我的心坎；……

还有几句更笨重的怎能仿佛那游丝似轻妙的情景：

> 难忘七月的黄昏，远树凝寂，
> 像墨泼的山形，衬出轻柔暝色
> 密稠稠，七分鹅黄，三分橘绿，
> 那妙意只可去秋梦边缘捕捉；……

四

这河身的两岸都是四季常青最葱翠的草坪。从校友居的楼上望去，对岸草场上，不论早晚，永远有十数匹黄牛与白马，胫蹄没在恣蔓的草丛中，从容的在咬嚼，星星的黄花在风中动荡，应和着它们尾鬃的扫拂。桥的两端有斜倚的垂柳与椈荫护住；水是澈底的清澄，深不足四尺，匀匀的长着长条的水草。这岸边的草坪又是我的爱宠，在清朝，在傍晚，我常去这天然的织锦上坐地，有时读书，有时看水；有时仰卧着看天空的行云，有时反扑着搂抱大地的温软。

但河上的风流还不止两岸的秀丽。你得买船去玩。船不止一种：有普通的双桨划船，有轻快的薄皮舟（canoe），有最别致的长形撑篙船（punt）。最末的一种是别处不常有的：约莫有二丈长，三尺宽，你站直在船梢上用长竿撑着走的。这撑是一种技术。我手脚太蠢，始终不曾学会。你初起手尝试时，容易把船身横住在河中，东颠西撞的狼狈。英国人是不轻易开口笑人的，但是小心他们不出声的皱眉！也不知有多少次河中本来优闲的秩序叫我这莽撞的外行给捣乱了。我真的始终不曾学会；每回我不服输跑去租船再试的时候，有一个白胡子的船家往往带讥讽的对我说："先生，这撑船费劲，天热累人，还是拿个薄皮舟溜溜吧！"我那里肯听话，长篙子一点就把船撑了开去，结果还是把河身一段段的腰斩了去。

你站在桥上去看人家撑，那多不费劲，多美！尤其在礼拜天有几个专家的女郎，穿一身缟素衣服，裙裾在风前悠悠的飘着，戴一顶宽边的薄纱帽，帽影在水草间颤动，你看她们出桥洞时的姿态，捻起一根竟像没有分量的长竿，只轻轻的，不经心的往波心里一点，身子微微的一蹲，这船身便波的转出了桥影，翠条鱼似的向前滑了去。她们那敏捷，那闲暇，那轻盈，真是值得歌咏的。

在初夏阳光渐暖时你去买一只小船，划去桥边荫下躺着念你的书或是做你的梦，槐花香在水面上飘浮，鱼群的唼喋声在你的耳边挑逗。或是在初秋的黄昏，近着新月的寒光，望上流僻静处远去。爱热闹的少年们携着他们的女友，在船沿上支着双双的东洋彩纸灯，带着话匣子，船心里用软垫铺着，也开向无人迹处去享他们的野福——谁不爱听那水底翻的音乐在静定的河上描写梦意与春光！

住惯城市的人不易知道季候的变迁。看见叶子掉知道是秋，看见叶子绿知道是春；天冷了装炉子，天热了拆炉子；脱下棉袍，换上夹袍，脱下夹袍，穿上单袍；不过如此罢了。天上星斗的消息，地下泥土里的消息，空中风吹的消息，都不关我们的事。忙着那，这样那样事情多着，谁耐烦管星星的移转，花草的消长，风云的变幻？同时我们抱怨我们的生活、苦痛、烦闷、拘束、枯燥，谁肯承认做人是快乐？谁不多少间咒诅人生？

但不满意的生活大都是由于自取的。我是一个生命的信仰者，我信生活决不是我们大多数人仅仅从自身经验推得的那样暗惨。我们的病根是在"忘本"。人是自然的产儿，就比枝头的花与鸟是自然的产儿；但我们不幸是文明人，入世深似一天，离自然远似一天。离开了泥土的花草，离开了水的鱼，能快活吗？能生存吗？从大自然，我们取得我们的生命；从大自然，我们应分取得我们继续的资养。那一株婆娑的大木没有盘错的根柢深入在无尽藏的地里？我们是永远不能独立的。有幸福是永远不离母亲抚育的孩子，有健康是永远接近自然的人们。不必一定与鹿豕游，不必一定回"洞府"去；为医治我们当前生活的枯窘，只要"不完全遗忘自然"一张轻淡的药方我们的病象就有缓和的希望。在青草里打几个滚，到海水里洗几次浴，到高处去看几次朝霞与晚照——你肩背上的负担就会轻松了去的。

这是极肤浅的道理，当然。但我要没有过过康桥的日子，我就不会有这样的自信。我这一辈子就只那一春，说也可怜，算是不曾虚度。就只那一春，我的生活是自然的，是真愉快的！（虽则碰巧那也是我最感受人生痛苦的时期）。我那时有的是闲暇，有的是自由，有的是绝对单独的机会。说也奇怪，竟像是第一次，我辨认了星月的光明，草的青，花的香，流水的殷勤。我能忘记那初春的睥睨吗？曾经有多少个清晨我独自冒着冷去薄霜铺地的林子里闲步——为听鸟语，为盼朝阳，为寻泥土里渐次苏醒的花草，为体会最微细最神妙的春信。啊，那是新来的画眉在那边凋不尽的青枝上试它的新声！啊，这是第一朵小雪球花挣出了半冻的地面！啊，这不是新来的潮润沾上了寂寞的柳条？

静极了，这朝来水溶溶的大道，只远处牛奶车的铃声，点缀这周遭的沉默。顺着这大道走去，走到尽头，再转入林子里的小径，往烟雾浓密处走去，头顶是交枝的榆荫，透露着漠楞楞的曙色；再往前走去，走尽这林子，当前是平坦的原野，望见了村舍，初青的麦田，更远三两个馒形的小山掩住了一条通道。天边是雾茫茫的，尖尖的黑影是近村的教寺。听，那晓钟和缓的清音。这一带是此邦中部的平原，地形像是海里的轻波，默沉沉的起伏；山岭是望不见的，有的是常青的草原与沃腴的田壤。登那土阜上望去，康桥只是一带茂林，拥戴着几处娉婷的尖阁。妩媚的康河也望不见踪迹，你只能循着那锦带似的林木想象那一流清浅。村舍与树林是这地盘上的棋子，有村舍处有佳荫，有佳荫处有村舍。这早起是看炊烟的时辰：朝雾渐渐的升起，揭开了这灰苍苍的天幕（最好是微霭后的光景），远近的炊烟，成丝的、成缕的、成卷的、轻快的、迟重的、浓灰的、淡青的、惨白的，在静定的朝气里渐渐的上腾，渐渐的不见，仿佛是朝来人们的祈祷，参差的翳入了天听。朝阳是难得见的，这初春的天气。但它来时是起早人莫大的愉快。顷刻间这田野添深了颜色，一层轻纱似的金粉糁上了这草，这树，这通道，这庄舍。顷刻间这周遭弥漫了清晨富丽的温柔。顷刻间你的心怀也分润了白天诞生的光荣。"春"！这胜利的晴空仿佛在你的耳边私语。"春"！你那快活的灵魂也仿佛在那里回响。

伺候着河上的风光，这春来一天有一天的消息。关心石上的苔痕，关心败草里的花鲜，关心这水流的缓急，关心水草的滋长，关心天上的云霞，关心新来的鸟语。怯伶伶的小雪球是探春信的小使。铃兰与香草是欢喜的初声。窈窕的莲馨，玲珑的石水仙，爱热闹的克罗克斯，耐辛苦的蒲公英与雏菊——这时候春光已是烂漫在人间，更不须殷勤问讯。

瑰丽的春放。这是你野游的时期。可爱的路政，这里不比中国，那一处不是坦荡荡的大道？徒步是一个愉快，但骑自转车是一个更大的愉快，在康桥骑车是普遍的技术；妇人、稚子、老翁，一致享受这双轮舞的快乐。（在康桥听说自转车是不怕人偷的，就为人人都自己有车，没人要偷）。任你选一个方向，任你上一条通道，顺着这带草味的和风，放轮远去，保管你这半天的逍遥是你性灵的补剂。这道上有的是清荫与美草，随地都可以供你休憩。你如爱花，这里多的是锦绣似的草原。你如爱鸟，这里多的是巧啭的鸣禽。你如爱儿童，这乡间到处是可亲的稚子。你如爱人情，这里多的是不嫌远客的乡人，你到处可以"挂单"借宿，有酪浆与嫩薯供你饱餐，有夺目的果鲜恣你尝新。你如爱酒，这乡间每"望"都为你储有上好的新酿，黑啤如太浓，苹果酒、姜酒都是供你解渴润肺的。……带一卷书，走十里路，选一块清静地，看天，听鸟，读书，倦了时，和身在草绵绵处寻梦去——你能想象更适情更适性的消遣吗？

陆放翁有一联诗句："传呼快马迎新月，却上轻舆趁晚凉"；这是做地方官的风流。我在康桥时虽没马骑，没轿子坐，却也有我的风流：我常常在夕阳西晒时骑了车迎着天边扁大的日头直追。日头是追不到的，我没有夸父的荒诞，但晚景的温存却被我这样偷尝了不少。有三两幅画图似的经验至今还是栩栩的留着。只说看夕阳，我们平常只知道登山或是临海，但实际只须辽阔的天际，平地上的晚霞有时也是一样的神奇。有一次我赶到一个地方，手把着一家村庄的篱笆，隔着一大田的麦浪，看西天的变幻。有一次是正冲着一条宽广的大道，过来一大群羊，放草归来的，偌大的太阳在它们后背放射着万缕的金辉，天上却是乌青青的，只剩这不可逼视的威光中的一条大路，一群生物，我心头顿时感着神异性的压迫，我真的跪下了，对着这冉冉渐翳的金光。再有一次是更不可忘的奇景，那是临着一大片望不到头的草原，满开着艳红的罂粟，在青草里亭亭的像是万盏的金灯，阳光从褐色云斜着过来，幻成一种异样紫色，透明似的不可逼视，刹那间在我迷眩了的视觉中，这草田变成了……不说也罢，说来你们也是不信的！

一别二年多了，康桥，谁知我这思乡的隐忧？也不想别的，我只要那晚钟撼动的黄昏，没遮拦的田野，独自斜倚在软草里，看第一个大星在天边出现！

| 泰戈尔

　　我有几句话想趁这个机会对诸君讲，不知道你们有没有耐心听。泰戈尔先生快走了，在几天内他就离别北京，在一两个星期内他就告辞中国。他这一去大约是不会再来的了。也许他永远不能到中国。

　　他是六七十岁的老人，他非但身体不强健，他并且是有病的。去年秋天他还发了一次很重的骨痛热病，所以他要到中国来，不但他的家属，他的亲戚朋友，他的医生，都不愿意他冒险，就是他欧洲的朋友，比如法国的罗曼罗兰，也都有信去劝阻他。他自己也曾经踌躇了好久，他心里常常盘算他如其到中国来，他究竟能不能够给我们好处，他想中国人自有他们的诗人、思想家、教育家，他们有他们的智慧、天才、心智的财富与营养，他们更用不着外来的补助与载刺，我只是一个诗人，我没有宗教家的福音，没有哲学家的理论，更没有科学家实利的效用，或是工程师建设的才能，他们要我去做什么，我自己又为什么要去，我有什么礼物带去满足他们的盼望。他真的很觉得迟疑，所以他延迟了他的行期。但是他也对我们说到冬天完了春风吹动的时候（印度的春风比我们的吹得早），他不由的感觉了一种内迫的冲动，他面对着逐渐滋长的青草与鲜花，不由的抛弃了，忘却了他应尽的职务，不由的解放了他的歌唱的本能，和着新来的鸣雀，在柔软的南风中开怀的讴吟。同时他收到我们催请的信，我们青年盼望他的诚意与热心，唤起了老人的勇气。他立即定夺了他东来的决心。他说趁我暮年的肢体不曾僵透，趁我衰老的心灵还能感受。决不可错过这最后唯一的时机，这博大、从容、礼让的民族，我幼年时便发心朝拜，与其将来在黄昏寂静的境界中萎衰的惆怅，毋宁利用这夕阳未暝时的光芒，了却我晋香人的心愿？

他所以决意的东来，他不顾亲友的劝阻，医生的警告，不顾自身的高年与病体，他也撇开了在本国一切的任务，跋涉了万里的海程，他来到了中国。

自从四月十二在上海登岸以来，可怜老人不曾有过一半天完整的休息，旅行的劳顿不必说，单就公开的演讲以及较小集会时的谈话，至少也有了三四十次！他的，我们知道，不是教授们的讲义，不是教士们的讲道，他的心府不是堆积货品的栈房，他的辞令不是教科书的喇叭。他是灵活的泉水，一颗颗颤动的圆珠从他心里兢兢的泛登水面都是生命的精液；他是瀑布的吼声，在白云间，青林中，石罅里，不住地啸响；他是百灵的歌声，他的欢欣、愤慨、响亮的谐音，弥漫在无际的晴空。但是他口倦了。终夜的狂歌已经耗尽了子规的精力，东方的曙色亦照出他点点的心血染红了蔷薇枝上的白露。

老人是疲乏了。这几天他睡眠也不得安宁，他已经透支了他有限的精力。他差不多是靠散拿吐瑾过日的。他不由的不感觉风尘的厌倦，他时常想念他少年时在恒河边沿拍浮的清福，他想望椰树的清荫与曼果的甜瓤。

　　但他还不仅是身体的疲劳，他也感觉心境的不舒畅。这是很不幸的。我们做主人的只是深深的负歉。他这次来华，不为游历，不为政治，更不为私人的利益，他熬着高年，冒着病体，抛弃自身的事业，备尝行旅的辛苦，他究竟为的是什么？他为的只是一点看不见的情感，说远一点，他的使命是在修补中国与印度两民族间中断千余年的桥梁。说近一点，他只想感召我们青年真挚的同情。因为他是信仰生命的，他是尊崇青年的，他是歌颂青春与清晨的，他永远指点着前途的光明。悲悯是当初释迦牟尼证果的动机，悲悯也是泰戈尔先生不辞艰苦的动机。现代的文明只是骇人的浪费，贪淫与残暴，自私与自大，相猜与相忌，扬风似的倾覆了人道的平衡，产生了巨大的毁灭。芜秽的心田里只是误解的蔓草，毒害同情的种子，更没有收成的希冀。在这荒惨的境地里，难得有少数的丈夫，不怕阻难，不自馁怯，肩上扛着铲除误解的大锄，口袋里满装着新鲜人道的种子，不问天时是阴是雨是晴，不问是早晨是黄昏是黑夜，他只是努力的工作，清理一方泥土，施殖一方生命，同时口唱着嘹亮的新歌，鼓舞在黑暗中将次透露的萌芽。泰戈尔先生就是这少数中的一个。他是来广布同情的，他是来消除成见的。我们亲眼见过他慈祥的阳春似的表情，亲耳听过他从心灵底里迸裂出的大声，我想只要我们的良心不曾受恶毒的烟煤熏黑，或是被恶浊的偏见污抹，谁不曾感觉他至诚的力量，魔术似的，为我们生命的前途开辟了一个神奇的境界，燃点了理想的光明？所以我们也懂得他的深刻的懊怅与失望，如其他知道部分的青年不但不能容纳他的灵感，并且存心的诬毁他的热忱。我们固然奖励思想的独立，但我们决不敢附和误解的自由。他生平最满意的成绩就在他永远能得青年的同情，不论在德国，在丹麦，在美国，在日本，青年永远是他最忠心的朋友。他也曾经遭受种种的误解与攻击，政府的猜疑与报纸的诬捏与守旧派的讥评，不论如何的谬妄与剧烈，从不曾扰动他优容的大量，他的希望，他的信仰，他的爱心，他的至诚，完全的托付青年。我的须，我的发是白的，但我的心却永远是青的，他常常的对我们说，只要青年是我的知己，我理想的将来就有着落，我乐观的明灯永远不致黯淡。他不能相信纯洁的青年也会堕落在怀疑、猜忌、卑琐的泥潭，他更不能信中国的青年也会沾染不幸的污点。他真不预备在中国遭受意外的待遇。他很不自在，他很感觉异样的怆心。

　　因此精神的懊丧更加重他躯体的倦劳。他差不多是病了。我们当然很焦急的期望他的健康，但他再没有心境继续他的讲演。我们恐怕今天就是他在北京公开讲演最后的一个机会。他有休养的必要。我们也决不忍再使他耗费有限的精力。他不久又有长途的跋涉，他不能不有三四天完全的养息。所以从今天起，所有已经约定的集会，公开与私人的，一概撤销，他今天就出城去静养。

　　我们关切他的一切可以原谅，就是一小部分不愿意他来做客的诸君也可以自喜战略的成功。他是病了，他在北京不再开口了，他快走了，他从此不再来了。但是同学们，我们也得平心的想想，老人到底有什么罪，他有什么负心，他有什么可容赦的犯案？公道是死了吗？为什么听不见你的声音？

　　他们说他是守旧，说他是顽固。我们能相信吗？他们说他是"太迟"，说他是"不合时宜"，我们能相信吗？他自己是不能信，真的不能信。他说这一定是滑稽家的反调。他一生所遭逢的批评只是太新，太早，太急进，太激烈，太革命的，太理想的，他六十年的生涯只是不断的奋斗与冲锋，他现在还只是冲锋与奋斗。但是他们说他是守旧，太迟，太老。他顽固奋斗的对象只是暴烈主义、资本主义、帝国主义、武力主义、杀灭性灵的物质主义；他主张的只是创造的生活，心灵的自由，国际的和平，教育的改造，普爱的实现。但他们说他是帝国政策的间谍，资本主义的助力，亡国奴族的流民，提倡裹脚的狂人！肮脏是在我们的政客与暴徒的心里，与我们的诗人又有什么关联？昏乱是在我们冒名的学者与文人的脑里，与我们的诗人又有什么亲属？我们何妨说太阳是黑的，我们何妨说苍蝇是真理？同学们，听信我的话，像他的这样伟大的声音我们也许一辈子再不会听着的了。留神目前的机会，预防将来的惆怅！他的人格我们只能到历史上去搜寻比拟。他的博大的温柔的灵魂我敢说永远是人类记忆里的一次灵迹。他的无边际的想象与辽阔的同情使我们想起惠德曼；他的博爱的福音与宣传的热心使我们记起托尔斯泰；他的坚韧的意志与艺术的天才使我们想起造摩西像的密仡郎其罗；他的诙谐与智慧使我们想象当年的苏格拉底与老聃！他的人格的和谐与优美使我们想念暮年的葛德；他的慈祥的纯爱的抚摩，他的为人道不厌的努力，他的磅礴的大声，有时竟使我们唤起救主的心像，他的光彩，他的音乐，他的雄伟，使我们想念奥林匹克山顶的大神。他是不可侵凌的，不可逾越的，他是自然界的一个神秘的现象。他是三春和暖的南风，惊醒树枝上的新芽，增添处女颊上的红晕。他是普照的阳光。他是一派浩瀚的大水，来从不可追寻的渊源，在大地的怀抱中终古的流着，不息的流着，我们只是两岸的居民，凭借这慈恩的天赋，灌溉我们的田稻，苏解我们的消渴，洗净我们的污垢。他是喜马拉雅积雪的山峰，一般的崇高，一般的纯深，一般的壮丽，一般的高傲，只有无限的青天枕藉他银白的头颅。人格是一个不可错误的实在，荒歉是一件大事，但我们是饿惯了的，只认鸠形与鹄面是人生本来的面目，永远忘却了真健康的颜色与彩泽。标准的低降是一种可耻的堕落：我们只是踞坐在井底的青蛙，但我们更没有怀疑的余地。我们也许端详东方的初白，却不能非议中天的太阳。我们也许见惯了阴霾的天时，不耐这热烈的光焰，消散天空的云雾，暴露地面的荒芜，但同时在我们心灵的深处，我们岂不也感觉一个新鲜的影响，催促我们生命的跳动，唤醒潜在的想望，仿佛是武士望见了前峰烽烟的信号，更不踌躇的奋勇前向？只有接近了这样超轶的纯粹的丈夫，这样不可错误的实在，我们方始相形的自愧我们的口不够阔大，我们的嗓音不够响亮，我们的呼吸不够深长，我们的信仰不够坚定，我们的理想不够莹澈，我们的自由不够磅礴，我们的语言不够明白，我们的情感不够热烈，我们的努力不够勇猛，我们的资本不够充实……

我自信我不是恣滥不切事理的崇拜，我如其曾经应用浓烈的文字，这是因为我不能自制我浓烈的感想。但我最急切要声明的是，我们的诗人，虽则常常招受神秘的徽号，在事实上却是最清明，最有趣，最诙谐，最不神秘的生灵。他是最通达人情，最近人情的。我盼望有机会追写他日常的生活与谈话。如其我是犯嫌的，如其我也是情近神秘的（有好多朋友这么说），你们还有适之先生的见证，他也说他是最可爱最可亲的个人；我们可以相信适之先生绝对没有"情近神秘"的嫌疑！所以无论他怎样的伟大与深厚，我们的诗人还只是有骨有血的人，不是野人，也不是天神。唯其是人，尤其是最富情感的人，所以他到处要求人道的温暖与安慰，他尤其要我们中国青年的同情与情爱。他已经为我们尽了责任，我们不应，更不忍辜负他的的期望。同学们，爱你的爱，崇拜你的崇拜，是人情不是罪孽，是勇敢不是懦怯！

罗曼罗兰

罗曼罗兰（Romain Rolland），这个美丽的音乐的名字，究竟代表些什么？他为什么值得国际的敬仰，他的生日为什么值得国际的庆祝？他的名字，在我们多少知道他的几个人的心里，唤起些个什么？他是否值得我们已经认识他思想与景仰他人格的更亲切的认识他，更亲切的景仰他；从不曾接近他的赶快从他的作品里去接近他？

一个伟大的作者如罗曼罗兰或托尔斯泰，正像是一条大河，它那波澜，它那曲折，它那气象，随处不同，我们不能划出它的一湾一角来代表它那全流。我们有幸福在书本上结识他们的正比是尼罗河或扬子江沿岸的泥坷，各按我们的受量分沾他们的润泽的恩惠罢了。说起这两位作者——托尔斯泰与罗曼罗兰：他们灵感的泉源是同一的，他们的使命是同一的，他们在精神上有相互的默契（详后），仿佛上天从不教他的灵光在世上完全灭迹，所以在这普遍的混沌与黑暗的世界内往往有这类禀承灵智的大天才在我们中间指点迷途，启示光明。但他们也自有他们不同的地方；如其我们还是引申上面这个比喻，托尔斯泰、罗曼罗兰的前人，就更像是尼罗河的流域，它那两岸是浩瀚的沙碛，古埃及的墓宫，三角金字塔的映影，高矗的棕榈类的林木，间或有帐幕的游行队，天顶永远有异样的明星；罗曼罗兰、托尔斯泰的后人，像是扬子江的流域，更近人间，更近人情的大河，它那两岸是青绿的桑麻，是连枇的房屋，在波鳞里泅着的是鱼是虾，不是长牙齿的鳄鱼，岸边听得见的也不是神秘的驼铃，是随熟的鸡犬声。这也许是斯拉夫与拉丁民族各有的异禀，在这两位大师的身上得到更集中的表现，但他们润泽这苦旱的人间的使命是一致的。

十五年前一个下午，在巴黎的大街上，有一个穿马路的叫汽车给碰了，差一点没有死。他就是罗曼罗兰。那天他要是死了，巴黎也不会怎样的注意，至多报纸上本地新闻栏里登一条小字："汽车肇祸，撞死一个走路的，叫罗曼罗兰，年四十五岁，在大学里当过音乐史教授，曾经办过一种不出名的杂志叫Cahiers de laguinzaine的。"

但罗兰不死，他不能死；他还得完成他分定的使命。在欧战爆裂的那一年，罗兰的天才，五十年来在无名的黑暗里埋着的，忽然取得了普遍的认识。从此他不仅是全欧心智与精神的领袖，他也是全世界一个灵感的泉源。他的声音仿佛是最高峰上的崩雪，回响在远近的万壑间。五年的大战毁了无数的生命与文化的成绩，但毁不了的是人类几个基本的信念与理想，在这无形的精神价值的战场上，罗兰永远是一个不仆的英雄。对着在恶斗的旋涡里挣扎着的全欧，罗兰喊一声彼此是弟兄放手！对着蜘网似密布，疫疬似蔓延的怨恨，仇毒，虚妄，疯癫，罗兰集中他孤独的理智与情感的力量作战。对着普遍破坏的现象，罗兰伸出他单独的臂膀开始组织人道的势力。对着叫褊浅的国家主义与恶毒的报复本能迷惑住的智识阶级，他大声的唤醒他们应负的责任，要他们恢复思想的独立，救济盲目的群众。"在战场的空

153

中"——"Above the Battle Field"——不是在战场上，在各民族共同的天空，不是在一国的领土内，我们听得罗兰的大声，也就是人道的呼声，像一阵光明的骤雨，激斗着地面上互杀的烈焰。罗兰的作战是有结果的，他联合了国际间自由的心灵，替未来的和平筑一层有力的基础。这是他自己的话：——

"我们从战争得到一个付重价的利益，它替我们联合了各民族中不甘受流行的种族怨毒支配的心灵。这次的教训益发激励他们的精力，强固他们的意志。谁说人类友爱是一个绝望的理想? 我再不怀疑未来的全欧一致的结合。我们不久可以实现那精神的统一。这战争只是它的热血的洗礼。"

这是罗兰，勇敢的人道的战士! 当他全国的刀锋一致向着德人的时候，他敢说不，真正的敌人是你们自己心怀里的仇毒。当全欧破碎成不可收拾的断片时，他想象到人类更完美的精神的统一。友爱与同情，他相信，永远是打倒仇恨与怨毒的利器；他永远不怀疑他的理想是最后的胜利者。在他的前面有托尔斯泰与道施滔奄夫斯基（虽则思想的形式不同）他的同时有泰戈尔与甘地（他们的思想的形式也不同），他们的立场是在高山的顶上，他们的视域在时间上是历史的全部，在空间里是人类的全体，他们的声音是天空里的雷震，他们的赠与是精神的慰安。我们都是牢狱里的囚犯，镣铐压住的，铁栏锢住的，难得有一丝雪亮暖和的阳光照上我们黝黑的脸面，难得有喜雀过路的欢声清醒我们昏沉的头脑。"重浊"，罗兰开始他的贝德花芬传：

154

　　"重浊是我们周围的空气。这世界是叫一种凝厚的污浊的秽息给闷住了——一种卑琐的物质压在我们的心里，压在我们的头上，叫所有民族与个人失却了自由工作的机会。我们会让掐住了转不过气来。来，让我们打开窗子好叫天空自由的空气进来，好叫我们呼吸古英雄们的呼吸。"

　　打破我执的偏见来认识精神的统一；打破国界的偏见来认识人道的统一。这是罗兰与他同理想者的教训。解脱怨毒的束缚来实现思想的自由；反抗时代的压迫来恢复性灵的尊严。这是罗兰与他同理想者的教训。人生原是与苦俱来的；我们来做人的名分不是咒诅人生因为它给我们苦痛，我们正应在苦痛中学习，修养，觉悟，在苦痛中发现我们内蕴的宝藏，在苦痛中领会人生的真际。英雄，罗兰最崇拜如密仡朗其罗与贝德花芬一类人道的英雄，不是别的，只是伟大的耐苦者。那些不朽的艺术家，谁不曾在苦痛中实现生命，实现艺术，实现宗教，实现一切的奥义？自己是个深感苦痛者，他推致他的同情给世上所有的受苦者；在他这受苦，这耐苦，是一种伟大，比事业的伟大更深沉的伟大。他要寻求的是地面上感悲哀感孤独的灵魂。"人生是艰难的。谁不甘愿承受庸俗，他这辈子就是不断的奋斗。并且这往往是苦痛的奋斗，没有光彩，没有幸福，独自在孤单与沉默中挣扎。穷困压着你，家累累着你，无意味的沉闷的工作消耗你的精力，没有欢欣，没有希冀，没有同伴，你在这黑暗的道上甚至连一个在不幸中伸手给你的骨肉的机会都没有。"这受苦的概念便是罗兰人生哲学的起点，在这上面他求筑起一座强固的人道的寓所。因此在他有名的传记里他用力传述先贤的苦难生涯，使我们憬悟至少在我们的苦痛里，我们不是孤独的，在我们切己的苦痛里隐藏着人道的消息与线索。"不快活的朋友们，不要过分的自伤，因为最伟大的人们也曾分尝味你们的苦味。我们正应得跟着他们的努奋自勉。假如我们觉得软弱，让我们靠着他们喘息。他们有安慰给我们。从他们的精神里放射着精力与仁慈。即使我们不研究他们的作品，即使我们听不到他们的声音，单从他们面上的光彩，单从他们曾经生活过的事实里，我们应得感悟到生命最伟大，最生产——甚至最快乐——的时候是在受苦痛的时候。"

我们不知道罗曼罗兰先生想象中的新中国是怎样的；我们不知道为什么他特别示意要听他的思想在新中国的回响。但如其他能知道新中国像我们自己知道它一样，他一定感觉与我们更密切的同情，更贴近的关系，也一定更急急的伸手给我们握着——因为你们知道，我也知道，什么是新中国只是新发见的深沉的悲哀与苦痛深深的盘伏在人生的底里！这也许是我个人新中国的解释；但如其有人拿一些时行的口号，什么打倒帝国主义等等，或是分裂与猜忌的现象，去报告罗兰先生说这是新中国，我再也不能预料他的感想了。

我已经没有时候与地位叙述罗兰的生平与著述；我只能匆匆的略说梗概。他是一个音乐的天才，在幼年音乐便是他的生命。他妈教他琴，在谐音的波动中他的童心便发见了不可言喻的快乐。莫察德与贝德花芬是他最早发见的英雄。所以在法国经受普鲁士战争爱国主义最高激的时候，这位年轻的圣人正在"敌人"的作品中尝味最高的艺术。他的自传里写着："我们家里有好多旧的德国音乐书。德国？我懂得那个字的意义？在我们这一带我相信德国人从没有人见过的。我翻着那一堆旧书，爬在琴上拼出一个个的音符。这些流动的乐音，谐调的细流，灌溉着我的童心，像雨水漫入泥土似的淹了进去。莫察德与贝德花芬的快乐与苦痛，想望的幻梦，渐渐的变成了我的肉的肉，我的骨的骨。我是它们，它们是我。要没有它们我怎过得了我的日子？我小时生病危殆的时候，莫察德的一个调子就像爱人似的贴近我的枕衾看着我。长大的时候，每回逢着怀疑与懊丧，贝德花芬的音乐又在我的心里拨旺了永久生命的火星。每回我精神疲倦了，或是心上有不如意事，我就找我的琴去，在音乐中洗净我的烦愁。"

要认识罗兰的不仅应得读他神光焕发的传记，还得读他十卷的 Jean Christophe，在这书里他描写他的音乐的经验。

他在学堂里结识了莎士比亚，发见了诗与戏剧的神奇。他的哲学的灵感，与葛德一样，是泛神主义的斯宾诺塞。他早年的朋友是近代法国三大诗人：克洛岱尔（Paul Claudel，法国驻日大使），Ande Suares，与 Charles Peguy（后来与他同办 Cahiers de la Quinzaine）。那时槐格纳是压倒一时的天才，也是罗兰与他少年朋友们的英雄。但在他个人更重要的一个影响是托尔斯泰。他早就读他的著作，十分的爱慕他，后来他念了他的《艺术论》，那只俄国的老象——用一个偷来的比喻——走进了艺术的花园里去，左一脚踩倒了一盆花，那是莎士比亚，右一脚又踩倒了一盆花，那是贝德花芬，这时候少年的罗曼罗兰走到了他的思想的歧路了。莎氏、贝氏、托氏，同是他的英雄，但托氏愤愤的申斥莎、贝一流的作者，说他们的艺术都是要不得，不相干的，不是真的人道的艺术——他早年的自己也是要不得不相干的。在罗兰一个热烈的寻求真理者，这来就好似青天里一个霹雳；他再也忍不住他的疑虑。他写了一封信给托尔斯泰，陈述他的冲突的心理。他那年二十二岁。过了几个星期罗兰差不多把那信忘都忘了，一天忽然接到一封邮件：三十八满页写的一封长信，伟大的托尔斯泰的亲笔给这不知名的法国少年的！"亲爱的兄弟，"那六十老人称呼他，"我接到你的第一封信，我深深的受感在心。我念你的信，泪水在我的眼里。"下面说他艺术的见解：我们投入人生的动机不应是为艺术的爱，而应是为人类的爱。只有经受这样灵感的人才可以希望在他的一生实现一些值得一做的事业。这还是他的老话，但少年的罗兰受深彻感动的地方是在这一时代的圣人竟然这样恳切的同情他，安慰他，指示他，一个无名的异邦人。他那时的感奋我们可以约略想象。因此罗兰这几十年来每逢少年人有信给他，他没有不亲笔作复，用一样慈爱诚挚的心对待他的后辈。这来受他的灵感的少年人更不知多少了。这是一件含奖励性的事实。我们从可以知道凡是一件不勉强的善事就比如春天的熏风，它一路来散布着生命的种子，唤醒活泼的世界。

但罗兰那时离着成名的日子还远，虽则他从幼年起只是不懈的努力。他还得经尝身世的失望（他的结婚是不幸的，近三十年来他几于是完全隐士的生涯，他现在瑞士的鲁山，听说与他妹子同居），种种精神的苦痛，才能实受他的劳力的报酬——他的天才的认识与接受。他写了十二部长篇剧本，三部最著名的传记（密亿朗其罗、贝德花芬、托尔斯泰），十大篇*Jean Christophe*，算是这时代里最重要的作品的一部，还有他与他的朋友办了十五年灰色的杂志，但他的名字还是在晦塞的灰堆里掩着——直到他将近五十岁那年，这世界方才开始惊讶他的异彩。贝德花芬有几句话，我想可以一样适用到一生劳悴不怠的罗兰身上：——

　　"我没有朋友，我必得单独过活；但是我知道在我心灵的底里上帝是近着我，比别人更近。我走近他我心里不害怕，我一向认识他的。我从不着急我自己的音乐，那不是坏运所能颠扑的，谁要能懂得它，它就有力量使他解除磨折旁人的苦恼。"

谒见哈代的一个下午

一

"如其你早几年，也许就是现在，到道骞司德的乡下，你或许
碰得到'裘德'的作者，一个和善可亲的老者，穿着短裤便服，精神
飒爽的，短短的脸面，短短的下颏，在街道上闲暇的走着，照呼着，
答话着，你如其过去问他卫撒克士小说里的名胜，他就欣欣的从详指
点讲解；回头他一扬手，已经跳上了他的自行车，按着车铃，向人丛
里去了。我们读过他著作的，更可以想象这位貌不惊人的圣人，在卫
撒克士广大的，起伏的草原上，在月光下，或在晨曦里，深思地徘徊
着。天上的云点，草里的虫吟，远处隐约的人声都在他灵敏的神经里
印下不磨的痕迹；或在残败的古堡里拂拭乱石上的苔青与网结；或在
古罗马的旧道上，冥想数千年前铜盔铁甲的骑兵曾经在这日光下驻
踪；或在黄昏的苍茫里，独倚在枯老的大树下，听前面乡村里的青年
男女，在笛声琴韵里，歌舞他们节会的欢欣；或在济茨或雪莱或史文
庞的遗迹，悄悄的追怀他们艺术的神奇……在他的眼里，像在高蒂闲

160

(Theophile Gautier) 的眼里，这看得见的世界是活着的；在他的'心眼'（The Inward Eye）里，像在他最服膺的华茨华士的心眼里，人类的情感与自然的景象是相联合的；在他的想象里，像在所有大艺术家的想象里，不仅伟大的史绩，就是眼前最琐小最暂忽的事实与印象，都有深奥的意义，平常人所忽略或竟不能窥测的。从他那六十年不断的心灵生活，——观察、考量、揣度、印证，——从他那六十年不懈不驰的真纯经验里，哈代，像春蚕吐丝制茧似的，抽绎他最微妙最桀傲的音调，纺织他最缜密最经久的诗歌——这是他献给我们可珍的礼物。"

二

上文是我三年前慕而未见时半自想象半自他人传述写来的哈代。去年七月在英国时，承狄更生先生的介绍，我居然见到了这位老英雄，虽则会面不及一小时，在余小子已算是莫大的荣幸，不能不记下一些踪迹。我不讳我的"英雄崇拜"。山，我们爱踹高的；人，我们为什么不愿意接近大的？但接近大人物正如爬高山，往往是一件费劲的事；你不仅得有热心，你还得有耐心。半道上力乏是意中事，草间的刺也许拉破你的皮肤，但是你想一想登临危峰时的愉快！真怪，山是有高的，人是有不凡的！我见曼殊斐儿，比方说，只不过二十分钟模样的谈话，但我怎么能形容我那时在美的神奇的启示中的全生的震荡？——

我与你虽仅一度相见
——但那二十分不死的时间

果然，要不是那一次巧合的相见，我这一辈子就永远见不着她——会面后不到六个月她就死了。自此我益发坚持我英雄崇拜的势利，在我有力量能爬的时候，总不教放过一个"登高"的机会。我去年到欧洲完全是一次"感情作用的旅行"；我去是为泰戈尔，顺便我想去多瞻仰几个英雄。我想见法国的罗曼罗兰；意大利的丹农雪乌，英国的哈代。但我只见着了哈代。

　　在伦敦时对狄更生先生说起我的愿望，他说那容易，我给你写信介绍，老头精神真好，你小心他带了你到道骞斯德林子里去走路，他仿佛是没有力乏的时候似的！那天我从伦敦下去到道骞斯德，天气好极了，下午三点过到的。下了站我不坐车，问了Max Gate的方向，我就欣欣的走去。他家的外园门正对一片青碧的平壤，绿到天边，绿到门前；左侧远处有一带绵邈的平林。进园径转过去就是哈代自建的住宅，小方方的壁上满爬着藤萝。有一个工人在园的一边剪草，我问他哈代先生在家不，他点一点头，用手指门。我拉了门铃，屋子里突然发一阵狗叫声，在这宁静中听得怪尖锐的，接着一个白纱抹头的年轻下女开门出来。

　　"哈代先生在家，"她答我的问，"但是你知道哈代先生是'永远'不见客的。"

　　我想糟了。"慢着，"我说，"这里有一封信，请你给递了进去。""那末请候一候，"她拿了信进去，又关上了门。

　　她再出来的时候脸上堆着最俊俏的笑容。"哈代先生愿意见你，先生，该进来。"多俊俏的口音！"你不怕狗吗？先生，"她又笑了。"我怕，"我说。"不要紧，我们的梅雪就叫，她可不咬，这儿生客来得少。”

我就怕狗的袭来！战兢兢的进了门，进了官厅，下女关门出去，狗还不曾出现，我才放心。壁上挂着沙琴德（John Sargeant）的哈代画像，一边是一张雪莱的像，书架上记得有雪莱的大本集子，此外陈设是朴素的，屋子也低，暗沉沉的。

我正想着老头怎么会这样喜欢雪莱，两人的脾胃相差够多远，外面楼梯上一阵急促的脚步声和狗铃声下来，哈代推门进来了。我不知他身材实际多高，但我那时站着平望过去，最初几乎没有见他，我的印像是他是一个矮极了的小老头儿。我正要表示我一腔崇拜的热心，他一把拉了我坐下，口里连着说“坐坐”，也不容我说话，仿佛我的“开篇”辞他早就有数，连着问我，他那急促的一顿顿的语调与干涩的苍老的口音，“你是伦敦来的？”“狄更生是你的朋友？”“他好？”“你译我的诗？”“你怎么翻的？”“你们中国诗用韵不用？”前面那几句问话是用不着答的（狄更生信上说起我翻他的诗），所以他也不等我答话，直到末一句他才收住了。他坐着也是奇矮，也不知怎的，我自己只显得高，私下不由的局蹐，似乎在这天神面前我们凡人就在身材上也不应分占先似的！（啊，你没见过萧伯纳——这比下来你是个蚂蚁！）这时候他斜着坐，一只手搁在台上头微微低着，眼往下看，头顶全秃了，两边脑角上还各有一鬃也不全花的头发；他的脸盘粗看像是一个尖角往下的等边形三角，两颧像是特别宽，从宽浓的眉尖直扫下来束住在一个短促的下巴尖；他的眼不大，但是深窈的，往下看的时候多，不易看出颜色与表情。最特别的，最“哈代的”，是他那口连着两旁松松往下坠的夹腮皮。如其他的眉眼只是忧郁的深沉，他的口脑的表情分明是厌倦与消极。不，他的脸是怪，我从不曾见过这样耐人寻味的脸。他那上半部，秃的宽广的前额，着发的头角，你看了觉着好玩，正如一个孩子的头，使你感觉一种天真的趣味，但愈往下愈不好看，愈使你觉着难受，他那皱纹龟驳的脸皮正使你想起一块苍老的岩石，雷电的猛烈，风霜的侵陵，雨雷的剥蚀，苔藓的沾染，虫鸟的斑斓，什么时间与空间的变幻都在这上面遗留着痕迹！你知道他是不抵抗的，忍受的，但看他那下颊，谁说这不泄露他的怨毒，他的厌倦，他的报复性的沉默！他不露一点笑容，你不易相信他与我们一样也有喜笑的本能。正如他的脊背是倾向伛偻，他面上的表情也只是一种不胜压迫的伛偻。喔哈代！

回讲我们的谈话。他问我们中国诗用韵不。我说我们从前只有韵的散文，没有无韵的诗，但最近……但他不要听最近，他赞成用韵，这道理是不错的。你投块石子到湖心里去，一圈圈的水纹漾了开去，韵是波纹。少不得。抒情诗（Lyric）是文学的精华的精华。颠不破的钻石，不论多小。磨不灭的光彩。我不重视我的小说。什么都没有做好的小诗难[他背了莎"Tell me where is Fancy bred"，朋琼生（Ben Jonson）的"Drink to me only with thine eyes"高兴的样子]。我说我爱他的诗因为它们不仅结构严密像建筑，同时有思想的血脉在流走，像有机的整体。我说了Organic这个字；他重复说了两遍："Yes, Organic yes, Organic：A poem ought to be a living thing"练习文字顶好学写诗；很多人从学诗写好散文，诗是文字的秘密。

他沉思了一晌。"三十年前有朋友约我到中国去。他是一个教士，我的朋友，叫莫尔德，他在中国住了五十年，他回英国来时每回说话先想起中文再翻英文的！他中国什么都知道，他请我去，太不便了，我没有去。但是你们的文字是怎么一回事？难极了不是？为什么你们不丢了它，改用英文或法文，不方便吗？"哈代这话骇住了我。一个最认识各种语言的天才的诗人要我们丢掉几千年的文字！我与他辩难了一晌，幸亏他也没有坚持。

说起我们共同的朋友；他又问起狄更生的近况，说他真是中国的朋友。我说我明天到康华尔去看罗素。谁？罗素？他没有加案语。我问起勃伦腾（Edmund Blunden），他说他从日本有信来，他是一个诗人。讲起麦雷（John M.Murry）他起劲了。"你认识麦雷？"他问。"他就住在这儿道骞斯德海边，他买了一所古怪的小屋子，正靠着海，怪极了的小屋子，什么时候那可以叫海给吞了去似的。他自己每天坐一部破车到镇上来买菜。他是有能干的。他会写。你也见过他从前的太太曼殊斐儿？他又娶了，你知道不？我说给你听麦雷的故事。曼殊斐儿死了，他悲伤得很，无聊极了，他办了他的报（我怕他的报维持不了），还是悲伤。好了，有一天有一个女的投稿几首诗，麦雷觉得有意思，写信叫她去看他，她去看他，一个年轻的女子，两人说投机了，就结了婚，现在大概他不悲伤了。"

他问我那晚到那里去。我说到Exeter看教堂去，他说好的，他就讲建筑，他的本行。我问你小说里常有建筑师，有没有你自己的影子？他说没有。这时候梅雪出去了又回来，咻咻的爬在我的身上乱抓。哈代见我有些窘，就站起来呼开梅雪，同时说我们到园里去走走吧，我知道这是送客的意思。我们一起走出门绕到屋子的左侧去看花，梅雪摇着尾巴咻咻的跟着。我说哈代先生，我远道来你可否给我一点小纪念品。他回头见我手里有照相机，他赶紧他的步子急急的说，我不爱照相，有一次美国人来给了我很多的麻烦，我从此不叫来

165

客照相，——我也不给我的笔迹（Autograph），你知道？他脚步更快了，微偻着背，腿微向外弯一摆一摆的走着，仿佛怕来客要强抢他什么东西似的！"到这儿来，这儿有花，我来采两朵花给你做纪念，好不好？"他俯身下去到花坛里去采了一朵红的一朵白的递给我："你暂时插在衣襟上吧，你现在赶六点钟车刚好，恕我不陪你了，再会，再会——来，来，梅雪：梅雪……"老人扬了扬手，径自进门去了。

吝刻的老头，茶也不请客人喝一杯！但谁还不满足，得着了这样难得的机会？往古的达文謇、莎士比亚、歌德、拜伦，是不回来了的；——哈代！多远多高的一个名字！方才那头秃秃的背弯弯的腿屈屈的，是哈代吗？太奇怪了！那晚有月亮，离开哈代家五个钟头以后，我站在哀克刹脱教堂的门前玩弄自身的影子，心里充满着神奇。

白郎宁夫人的情诗

一

"伟大的灵魂们是永远孤单的"。不是他们甘愿孤单,他们是
不能不孤单。他们的要求与需要不是寻常人的要求与需要;他们评价
的标准也不是寻常的标准。他们到人间来一样的要爱、要安慰,要认
识、要了解。但不幸他们的组织有时是太复杂太深奥太曲折了,这浅
薄的人生不能担保他们的满足。只有生物性生活的人们,比方说,只
要有饭吃;有衣穿,有相当的异性配对,他们就可以平安的过去,再
不来抱怨什么,惆怅什么。一个诗人,一个艺术家,却往往不能这样
容易对付。天才是不容易伺候的。在别的事情方面还可以迁就,配偶
这件事最是问题。想象你做一个大诗人或大画家的太太(或是丈夫,
在男女享受平等权利的时候!),你做到一个贤字,他不定见你情,
你做到一个良字,他不定说你对。他们不定要生活上的满足,那他们
有时尽可随便,他们却想象一种超生活的满足,因为他们的生活不是
生根在这现象的世界上。你忙着替他补袜子,端整点心,他说你这是

白忙，他破的不是袜子，他饿的不是肚子！这样的男人（或是女人）真是够别扭的，叫你摸不着他（或她）的脾胃。他快活的时候简直是发疯，也许当着人前就搂住了你亲吻，也不知是为些什么。他发愁的时候一只脸绷得老长，成天可以不开口，整晚可以不睡，像是跟谁不共天日的过不去，也不知是又为些什么。一百个女人里有九十九喜欢她们的丈夫是明白晓畅一流，说什么是什么，顾室家，体惜太太，到晚上睡着了就开着嘴甜甜的打呼。谁受得了一个诗人，他——

……Wants to know

What one has felt from earliest days,

Why one thought not in other ways,

And one's loves of long ago

因此室家这件事在有天才的人们十九是没有幸福的。"我不能想象一个有太太的思想家"，尼采说。怎怪得很多的大艺术家，比如达文睿与密仡郎其罗，终身不曾想到过成家？他们是为艺术活着的，再没有余力来敷衍一个家。就是在成家的中间，在全部思想文艺史上，你举得出几个人在结婚这件事上说得到圆满的。拜伦的离婚，他一生颠沛的张本，就为得他那太太只顾得替他补袜子端整点心。歌德一生只是浮沉在无定的恋爱的浪花间，但他的结婚是没有多大光彩的。卢骚先生检到了一个客寓里扫地的下女就算完事一宗。哈哀内的玛蒂尔代又是一个不认字的姑娘，虽则她的颜色足够我们诗人的倾倒。史文庞孤独了一生，济慈为了一个娶不着的女人呕血。喀莱尔蒙着了一个又俊又慧的洁痕韦尔许，但他的怪僻只酿成了一个历史上有名不快活

168

的家庭。这一路的人真难得知道幸福的。

<h1 style="text-align:center">二</h1>

本来恋爱是一件事，夫妻又是一件事。拿破仑说结婚是恋爱的埋葬。这话的意思是说这两件事儿是不相容的。这不是说夫妻间就没有爱。世上尽有十分相爱的夫妻。但"浪漫的爱"，它那热度不是不寻常温度表所能测量的，却是提另一回事。比如罗米欧与朱丽叶那故事。它那动人，它那美，它那力量，就在一个惨死。死是有恩惠的，它成全了真有情人热情的永恒，朱丽叶要是做了罗米欧太太，过天发了福，走道都显累赘，再带着一大群的儿女，那还有什么意味？剧烈的东西是不能久长的：这是物理。由恋爱而结婚的人当然多的是，但谁能维持那初恋时一股子又泼辣又猖獗像是狂风像是暴雨的热情？结婚是成家。家本身就包涵有长久，即使不是永久的意义。有家就免不了家务，家累，尤其免不了小安琪儿们的降生。所以全看你怎样看法。如其现代多的是新发明的种种人生观，恋爱观的种类也不得单简。最发挥狭义的恋爱观的要算是哥谛霭的马斑小姐，她只准她的情人一整宵透明的浓艳的快乐，算是彼此尽情的还愿，不到天晓她就偷偷的告别，一辈子再不许他会面，她的唯一的理由就是要保全那"浪漫的热恋"的晶莹的印象。一往下拖就毁！但是话说回来，这类的见解，虽则美，当然是窄，有时竟有害，为人类繁衍的大目标计，是不应得听凭蔓延的。爱是不能没有的，但不能太热了。情感不能不受理性的相当节制与调剂。浪漫的爱虽则是纯粹的吕律格，但结婚的爱也不一定是宽弛的散文。靠着在月光中泛滥的白石栏杆，散披着一头金黄的发丝，在夜莺的歌声中吸呼情致的缠绵，固然是好玩，但带上老

棉帽披着睡衣看尊夫人忙着招呼小儿女的鞋袜同时得照料你的早餐的冷热，也未始没有一种可寻味的幽默。露水甜，雨水也不定是酸。

假如更进一步说，一对夫妻的结合不但是渊源于纯粹的相爱，不是肤浅的颠倒，而是意识的心性的相知，而且能使这部纯粹的感情建筑成一个永久的共同生活的基础，在一个结婚的事实里阐发了不止一宗美的与高尚的德性，那一对夫妻怕还不是人类社会一个永久的榜样与灵感？

三

但不幸这类完全的夫妻在人类社会上实在是难得，虽则恋爱与结婚同是普遍而且普通的一回事。好夫妻，贤孟梁，才子佳人，福寿双全子孙满堂的老伉俪，当然是有，多的是，但要一对完全创造性的配偶，在人类进化史上画高一道水平线，同时给厌世主义者一个积极的答复，那里有？男子间常有伟大的友谊，例如歌德与席勒的，他们那彼此相互的启发与共同擎举的事业是一个永远不可磨灭的灵感。夫妻呢？

在女子在教育上不曾得到完全的解放，在社会得不到与男子平等的地位，我们不能得到一个正确的夫妇的观念。在一个时候女性是战利品。在又一个时候女性是玩物。在一个时候女性是装饰，是奢侈品。在又一个时候女性是家奴。在所有的时候女性是"母畜"，它的唯一的使命与用处是为人类传种。因此人类的历史是男性的光荣，它的机会是男性的专利。直到最近的百年前，跟着一般思想的解放，女性身上的压迫方始有松放的希冀，又跟着女权的运动，婚姻的观念方始得到了根本的修正，原先的谬误渐次在事实的显著中消失。

1

这是一件大事，因为女性的解放不仅给我们文化努力一宗新添的力量，它是我们理想中合理生活的实现的一个必要条件。夫妻是两个个性自由的化合；这是最密切的伙伴，最富创造性的一宗冒险。

四

诗人白郎宁与衣里查白·裴雷德的结合是人类一个永久的纪念；如其他们结婚以前的经过是一叶薰香的恋迹；他们结婚以后的生活一样是值得我们的赞美。如其他们彼此感情的交流是不涉丝毫强勉，他们各自的忍耐与节制同样是一宗理性的胜利。如其这婚姻使他们二个完全实现这地面上可能的幸福，他们同时为跚蹒的人类立下了一个健全的榜样。他们使我们艳羡，也使我们崇仰，他们的不是那猥坝的局促的一流。如其白郎宁在这段情史中所表见的品格是男性的高尚与华贵，白夫人的是女性的坚贞与优美与灵感。他们完全实现了配偶的理想，他们是一对理想的夫妻。

白郎宁是一个比较晚成的诗人，在他同时期的谭宜孙诗名炫耀全国的时候认识他的天才只有少数的几个人，例如穆勒约翰与诗人画家罗刹蒂，他在大英博物院中亲手抄缮白郎宁的第一首长诗。但他的诗，虽则不曾入时，已经有幸运得着了衣里查白裴雷德的深闺中的认识与同情。同时白郎宁也看到了裴雷德的诗，发见她引用他自己的诗句，这给了他莫大的愉快。这是第一步。经由一个父执的介绍，裴雷德是他的表妹，白郎宁开始与她未来的夫人通信。裴雷德早年是极活泼的一个女孩，但不幸为骑马闪损了脊骨，终年困守在她楼上的静室里，在一只沙发上过生活，莎士比亚与古希腊的诗人是她唯一的慰藉。她有一个严厉的经商的父亲，但她的姊妹是与她同情并且随后给她帮助的。她有一个忠心的女仆叫威尔逊，一只更忠心的狗叫佛露喜。她比白郎宁大至六岁，与他开始通信的那年已是三十九岁。

你们见过她的画像的不能忘记她那凝注的悲怆的一双眼，与那蓬松的厚重的两鬓垂鬓。她的本来是无欢的生活。一个废人，一个病人，空怀着一腔火热的情感与希有的天才，她的日子是在生死的边界上黯然的消散着。在这些黯惨的中间造化又给她一下无情的打击，她的一个爱弟，无端做了水鬼，这惨酷的意外几于把她震成一种失心的狂痫，正如近时曼殊斐儿也有同样的悲伤。她是一个可怜人，哀愁与绝望是人生给她的礼物。

但这哀愁与绝望是运定不久长的。当代她最崇拜的一个诗人开始对她谦卑的表示敬意，她不能不为他的至诚所感动。在病榻上每日展读矫健敦笃的来书，从病榻上每日邮送郑重绰约的去缄。彼此贡献早晚的灵感，彼此许诺忠实的批评。由文学到人生，由兴会到性情，彼此发见彼此开始在是一致的同心。在不曾会面以先，他俩已经听熟了彼此的声音——不可错误的性灵的声音。

这初期五个月密接的通信，在她感到一种新来的光明驱散了她生活上的暗塞，在他却是更深一层的认识。这还不是她理想中的伴侣？没有她人生是一个伟大的虚无，有了她人生是一个实现的奇迹，他再不能怀疑，这是造化恩赐给他的唯一的机缘。她准许他去见她，在她的病房中，他见着了她，可怜的瘦小的病模样，蜷伏在她的沙发上，贵客来都不能欠身让坐！他知道这是不治的病，但他只感到无限的悲怜。他爱她，他不能不爱她。在第一次会见以后，伟大的白郎宁再不能克制他的爱情。他要她。他的尽情倾吐的一封信给了温坡尔街五十号的病人一次不预期的心震，一宵不眠的踌躇。到早上她写回信，警告他再要如此她就不再见他。伟大的白郎宁这次当真红了脸，顾不得说谎，立即写信谢罪，解释前信只是感激话说过了分，请求退还原函（他生平就这一次不说真话）。信果然退了回来，他又带着脸红立即给毁了去（他们的通信单缺了这一封，这使白夫人事后颇感到懊怅的。）这风险过去，他们重复回到原先平稳的文字的因缘。裴雷德准许他的朋友过时去看她，同时邮梭的投织更显得殷勤，他讲他的意大利忻快的游踪，但她酬答他的只有她的悲惨的余生——这不使他感到单调吗？他们每周会面的一天是他俩最光亮的日子。他那时住在伦敦的近郊。这正是花香的季候，乡间的清芬，黄的玫瑰，紫的铃兰，相继在函缄内侵入温斐尔街五十号的楼房。裴雷德的感情也随着初秋的阳光渐渐的成熟。她不能不把她心里的郁积——她的悲哀，她的烦闷——缓缓的流向她唯一朋友的心里。他的感激又是一度的过分，但他还记得他三月前的冒昧，既然已经忍何妨忍耐到底。他现在早已认定，无上的幸福是他的了。她不能一天不接他的信，她不能定心，她求他"一行的慈善"，她的心已经为他跳着了。但她还不能完全放开她的踌躇。她能承受他的爱吗？这是公平吗？他，一个完全的丈夫。她：一个颓废的病人。他能不白费他的黄金吗？这砂留得住这清泉吗？她是一个对生命完全放弃的人，幸福，又是这样的幸福，这念头使她忖着时都觉得眩晕。但这些不是阻难。在他只求每天在她的身旁坐一小时，承受她的灵感，写他的诗，由此救全他的灵魂，他还有什么可求的？不，她即使是永远残废都不成问题，他要的只是性灵的化合。她再不能固执，再不能坚持，她只求他不要为她过分迁就，她如其有命，这命完全是他一手救活的，对他她只有无穷的感恩。她准许他用她的乳名称呼！

五.

　　现在唯一的困难就只裴雷德的家庭，她的父亲。他不能想像他女儿除了对上帝和他自己的忠贞还能有别的什么感情的活动。他是一个无可通融的人。他唯一的德性是他每天非得到下午六点不得回家，这一点他的女儿们都是知感的。裴雷德想到南方去，地中海的边沿，阳光暖和处去养息身体，因为她现在的生命是贵重的了。从死的黑影里劫出来，幸福已经不是不可能的梦想了。但她的父亲如何能容她有这种思想。她只要一开口这狮子就会叫吼得一屋子发震。她空怀着希望，却完全没有主意。她的朋友是永远主张抵御恶的势力的，他贡献他的勇敢，他建议积极的动作。裴雷德不能不信任他那雄健的膀臂与更雄健的意志。同时他俩的感情也已经到了无可再容忍的程度。至少在文字上他们再不能防御真情的泛滥。纯粹的爱在了解的深处流溢着。他们这时期的通信不再是书柬，不再是文字，是——"一对搏动的心"。从黑暗转到光明；从死转到爱，从残废的绝望转到健康的欢欣，爱的力量是一个奇迹。等到第二个春天回来的时候裴雷德已经恢复她步履的愉快，走出病室的囚困，重享呼吸的清新。在阳光下，在草青与花香间，在禽鸟的歌声中，她不能不讶异生活的神秘，不能不膜拜造化的慈恩。他给她的庄严的爱在她的心中像是一盘发异香的仙花，她是在这香息中迷醉了。正如他的玫瑰，他的铃兰曾经从乡间输入她的深闺，她这时也在和风中为他亲手采撷浓蕊的蝴蝶花。在这些甜蜜的时光的流转中，她的家庭的困难一天严重似一天，她的父亲的颠顸是无法可想的，这使情人们不得不立即商量一条干脆的出路，他们决意走。到意大利去，他俩的精神的故乡。他们先结了婚，在一个隐僻的教堂里，在上帝的跟前永远合成了一体；再过了几天他俩悄悄的离别了岛国，携着忠心的威尔逊与更忠心的佛露喜，投向自由的大陆，攀度了阿尔帕斯，在阿诺河入海处玲珑的皮萨城中小住，随后又迁去翡冷翠，在那有名的Casa Guidi中过他们无上的幸福的生活。

六

这无上的幸福有十五年的生命，在这十五年中他俩不知道一天的分离。他们是爱游历的，在罗马与巴黎与伦敦间他们流转着他们按季候的踪迹。白夫人，本来一个沙发上的废人，如今是一个健游者，巴黎是她的"软弱"，意大利是她的"热情"，她也能登山，也能涉水。她的创作的成绩也不弱于她的"劳勃脱"，虽则她是常病，有时还得收拾她的"盆"儿的嘴脸与袜鞋。他俩的幸福正是英国文学的幸福。劳勃脱在他的"巴"的天才的跟前，只是低头，他自己即使有什么成就，那都是她的灵感。"盆"儿是他们最大的欢欣，忠心的佛露喜也给他们不少的快乐。在交友上他们也是十分幸运的。白郎宁的刚健与博大，他夫人的率真与温驯，使得凡是接近他们的没有不感到深彻的愉快。出名坏脾气的喀莱尔，"狂窜的火焰"似的老诗人兰道（Savage Landor），长厚的谭尼孙，伟大的罗斯金，美秀的罗刹蒂弟兄，都一致的倾倒这一双无双的佳偶。罗刹蒂最说得妙，他说他就奇怪"那两个小小的人儿（指白氏夫妇）何以会得包容真实世界的那么多的一部分，他们在舟车上占不到多大的位置，在客寓里用不到一只双人床？"他们所知道的唯一的悲伤与遗憾就只白郎宁的母亲的死和白夫人父亲的倔强，他们的幸福始终得不到他的宽恕。白夫人对意大利的自由奋斗有最热烈的同情，也正当意大利得到完全解放的那一年———一八六———白夫人和她的劳勃脱永诀。如其她在生时实现了人生的美满，她的死更是一个美满的纪录。她并没有什么病痛，只是觉得倦，临终的那一晚她正和白郎宁商量消夏的计划。"她和他说着话，说着笑话，用最温存的话表示她的爱情；在半夜的时候，她觉着倦，她就偎倚在白郎宁的手臂上假寐着。在几分钟内，她的头垂了下来。他以为她是暂时的昏晕，但她是去了，再不回来。"那临终时一些温存的话是白郎宁终身的神圣的纪念。她最后的一句话，回答白郎宁问她觉到怎么样，是一单个无价的字——"Beautiful"！"微笑的，快活的，容貌似少女一般"，她在她情人的怀抱中瞑目。

七

美！苦闷的人生难得有这样完全的美满！这不仅是文艺史的一段佳话，这是人类史上一次光明的纪录。这是不可磨灭的。这是值得永久流传的。但这段恋史本身固然是可贵，更可贵的是白夫人留给我们那四十四首十四行诗（*The Sonnets from the Portuguese*）。在这四十四首情诗里白夫人的天才凝成了最透明的纯晶。这在文学史上是第一次一个女子澈透的供承她对一个男子的爱情，她的情绪是热烈而抟聚的，她的声音是在感激与快乐中颤震着，她的精神是一团无私的光明。我们读她的情诗，正如我们读她的情书，我们不觉得是窥探一种不应得探窥的秘密，在这里正如在别的地方，真诚是解释一切，辩护一切，洁化一切的。她的是一种纯粹的热情，它的来源是一切人道与美德的来源，她的是不灭的神圣的火焰。只有白夫人才能感受这些伟大的情绪，也只有她才能不辜负这些伟大的情绪。这样伟大的内心的表现是稀有的。

关于那四十四首诗也还有一小段的佳话。白夫人发心写这一束情诗大约是在她秘密结婚以前，也许大半还是在她那楼房里写的。她不让白郎宁知道她的工作，她只在一次通信上隐隐的提过，"将来到了皮萨"，她说，"我再让你看我现在不给你看的东西"。他们夫妇俩写诗的工作是划清疆界的。在一首诗完成以前，谁都不能要求看谁的。在皮萨那时候，白夫人的书房是在楼上，照例每天在楼下吃过早饭，她就上楼去作工，让他在楼下做他的。有一天早上白夫人已经上楼去，白郎宁正站在窗前看街，他忽然觉得屋子里有人偷偷的走着，他正要回头，他的身子已经叫他夫人给推住了，叫他不许动，一面拿一卷纸塞在他的口袋里。她要他看一遍，要是不喜欢就把它撕了，话说完就逃上了楼去。这卷纸就是她那一束的情诗。白郎宁看过了就直跳了起来，说：她不但是给了他一份无价的礼物，她是给人类创造了一种独一的至宝。因此他坚持她有公开这些诗的必要。最早的单印本是一八四七年在李亭地方印的送本，书面上写着——Sonnets by E.B.B.一八五〇年的印本才改称"*Sonnets from the Portuguese*"，那是白郎宁的主意，他特别挑葡萄牙因为她有过一首诗"*Catarina to Camoens*"是讲葡萄牙的一段故事，他又常把夫人叫作"我的小葡萄牙人"。这四十四首情诗现在已经闻一多先生用语体文译出。这是一件可纪念的工作。因为"商籁体"（一多译）那诗格是抒情诗体例中最美最庄严、最严密亦最有弹性的一格，在英国文学史上从汤麦斯槐哀德爵士（Sir Thomas Wyatt）到阿赛沙孟士（Arthur Symons）这四百年间经过不少名手的应用还不曾穷尽它变化的可能。这本是意大利的诗体，彼屈阿克（Petrarch）的情诗多是商籁体，在英国槐哀德与石垒伯爵（Earl of Surrey）最初试用时是完全仿效彼屈阿克的体裁与音韵的组织，这就叫作彼屈阿克商籁体。后来莎士比亚也用商籁体写他的情诗，但他又另创一格，韵的排列与意大利式不同，虽则规模还是相仿的，这叫做莎士比亚商籁。写商籁体最有名的，除了莎士比亚自己与史本塞，近代有华茨华士与罗刹蒂，与阿丽思梅纳儿夫人，最近有沙孟士。白夫人当然是最显著的一个。她的地位是在莎士比亚与罗刹蒂的中间。初学诗的很多起首就试写商籁体，正如我们学做诗先学律诗，但很少人写得出色，即在最大的诗人中，有的，例如雪莱与白郎宁自己，简直是不会使用的（如同我们的李白不会写律诗）。商籁体是西洋诗式中格律最谨严的，最适宜于表现深沉的盘旋的情绪，像是山风、像是海潮，它的是圆浑的有回响的声音。在能手中它是一只完全的弦琴，它有最激昂的高音，也有最呜咽的幽声。一多这次试验也不是轻率的，他那耐心先就不易，至少有好几首是朗然可诵的。当初槐哀德与石垒伯爵既然能把这原种从意大利移植到英国，后来果然开结成异样的花果，我们现在，在解放与建设我们文学的大运动中，为什么就没有希望再把它从英国移植到我们这边来？开端都是至微细的，什么事都得人们一半凭纯粹的耐心去做。为要一来宣传白夫人的情诗，二来引起我们文学界对于新诗体的注意，我自告奋勇在一多已经锻炼的译作的后面加上这一篇多少不免蛇足的散文。

第一首

我们已经知道在白郎宁还不曾发见她的时候，白夫人是怎样一个在绝望中沉沦着的病人，她简直是一个残废。年纪将近四十，在病房中不见天日，白夫人自分与幸福的人生是永远断绝缘分了的。但她不是寻常女子，她的天赋是丰厚的，她的感情是热烈的。像她这样人偏叫命运给"活埋"在病房中,够多么惨!白郎宁对她的知遇之感从初起就不是平常的,但在白夫人,这不仅使她惊奇,并且使她苦痛。这个心理是自然的,就比是一个瞎眼的忽然开眼,阳光的刺激是十分难受的。

在这第一首诗里她说她自己万不料想的叫"爱"给找到时的情形,她说的那位希腊诗人是梯奥克立德斯(Theocrius)。他是古希文化最迟开的一朵鲜花。他是雪腊古市人,但他的生活多半是西西利岛上过的。他是一个真纯乐观的诗人。在他的诗里永远映照着和暖的阳光,回响着健康的笑声。所以白夫人在这诗里说她最初想起那位乐观诗人,在他光阴不是一个警告因为他随时随地都可以发见轻松的快活的人生。春风是永远驰荡的,果子永远在秋阳中结实,少也好,老也好,人生何处不是快乐。但她一转念想着了她自己。既然按那位诗人说光阴是有恩有惠的,她自己的年头又是怎样过的呢。她先想起她的幼年,那时她是多活泼的一个孩子,那些年头在回忆中还是甜的,但自从她因骑马闪成病废以来她的时光不再是可爱,她的一个爱弟又叫无情的水波给吞了去,在这打击下她的日子益发显得黯惨,到现在在想象中她只见她自己的生命道上重重的盖着那些怆心的年份的黑影,她不由的悲不自制了。但正在这悲伤的时候她忽然觉到在她的身后晃动着一个神秘的形象,它过来一把拧住了她的头发直往后拉。在挣扎中她听着一个有权威的声音——"你猜猜,这是谁揪住你?"是"死吧",她说,因为她只能想到死。但是那"银钟似"的声音的答话更使她奇特了,那声音说——"不是死,是爱。"

第二首

　　这一声银钟似的震荡顿时使她从悲惋的迷醉中惊醒。她不信吗？不，她不能不信，这声音的充实与响亮不能使她怀疑。那末她信吗？这又使她踌躇。正如一个瞎眼的重见天日，她轻易还不能信任她的感觉。她的理性立时告诉她："这即使是真，也还是枉然的。你想你能有这样的造化吗？运命，一向待你苛刻的运命，能骤然的改变吗？""枉然的"，她想不错，虽则爱乔装了死侵入了她的深阃，他还是不能留的。爱不能留，因为运命不许——造物不许，所以在这首诗里她说在爱开口的时候只有三个人听见，说话的你，听话的我，再就是无所不在的上帝。在她还不曾从初起的惊疑中苏醒，她似乎听到在她与他中间的上帝已经为他们下了案语。他说："你配吗？"她顿时觉得这句刺心的话黑暗似的障住了她的眼，这使她连睁眼对爱一看的机会都给夺去了。她巴望她自己还是死了的好，死倒也罢了：这活着受罪，已然见到光明还得回向黑暗的可怖，是太难受了。但上帝的是无上的权威，他喝一声"不行"，比别的什么阻难更没有办法。人间的阻隔是分不了我们的，海洋的阔大不能使我们变异，风雨的暴戾也不能使我们软弱。任凭地面上的山岭有多么高，我们还得到天空里去携手。即使无际的天空也来妨碍我们的结合，我们也还得超出天空到更辽远的星海中去实现我们的情爱。

第三首

　　所以不是阻碍，那不是情人们所怕的，但我还得凭理性来忖忖这句话"你配吗"？我配吗？我现在已然见到了你，我不能不把事实的

一个行乞的诗人　徐志摩散文

真相认一个清切。你爱我，不错，但是；我的贵人，我俩实在不是一路上的人！我们的生活，我们的归宿，都不是一致的，即使我们曾经彼此相会，呵护你的与我的两个安琪儿们彼此是不相认的，在他们的翅膀相与交错时，他俩都显着诧异，因为我们本来是走不到一起的。你想，你自己是何等样人，我如何能攀附得着你的高贵？你是王后们的上宾，在她们的盛大的筵会上，你是一个崇仰与爱慕的目标，几百双的妙眼都望着你（它们要比我的泪眼更显得光亮），要求你施展你的吟咏的天才。这样的你与我又有什么相关，我是一个穷苦的、疲倦的、流浪的唱唱儿，偎倚着一棵苍劲的翠柏，在黑暗中歌唱着凄凉的音调，你站在那灯光明艳的窗子里边望着我，你是什么意思，能有什么意思？在你前额上涂着的是祝福的圣油，——在我就有冰凉的露水。那样的你，这样的我，还有什么说的？在生前是无望的了，除非到了死，那平等一切的死，我们才有会合的希望。

第四首

你是一个大诗人，一个高雅的歌者，只有华丽的宫院才配款留你的踪迹。你是人中的凤，为要看着你从腴满的口唇吐露异样的清商，舞女们不由的翘企着她们的脚踵。这些才是你的去处，你为什么偏要到我的门外来徘徊？我的是卑陋的门庭，怎当得起大驾的枉顾？你难道当真舍得漫不经心的让你的妙乐掉落在我的门前，浪费你黄金比价的诗才？你不信时抬头来看这是一个什么的所在。屋子是破烂的，窗户是都叫风雨侵蚀坏了的，小心这屋椽间飞袭出怪状的蝙蝠与鸱鸮，因为它们是在这里做家的。你有你的琵琶，我这里，可怜，只有慰情长夜的秋虫。请你再不要弹唱了，因为回应你的就只一些荒凉的回音，你唱你的去吧，我的心灵深处有一个声音在悲泣着，孤独的，寂寞的。

第五首

到上首为止诗的音调是沉郁与凄怆。一份炫耀的至礼已经献致在她的跟前，但她能接受吗？她的半墓穴似的病室能霎时间容受这多的光辉与温暖吗？她已经忍着心痛低喊了一声"挡驾"，但那位拜门的贵人还是耐心的等候着。他这份礼是送定了的。他的坚决，他的忍耐，尤其是他的诚意，不能不使她踌躇。从这首诗起我们可以看出她的情绪，像一弯玲珑的新月，渐渐的在灰色的背幕里透露出来。但她还得逼紧一步。这回她声音放大了，她仿佛说，"你再不躲开，将来要有什么懊悔，你可赖不了我！我的话是说完了的。"最初她是万想不到爱会得找着她，她想到的只有死，她第一个念头以为这只是运命的一种嘲讽，她如何再能接近爱。但爱的迫切再不能使她疑惑，那么是真的，她非但不曾走入死道，在她跟前站着的的确是爱。她非但听清了它的声音，她也认清了它的面目。她又一转念这还是白费，她如何能收受它，她与他什么都是悬殊的。但爱只当没有听见她的话，一双手还是对她伸着。她有点儿动了。但她还得把话说明白了。爱如果一定要她，她也未始不知道感激，她可不能让他误会，她不是不回他的爱，她是怕害他，所以在这首诗里她说：——我严肃的捧起我的心来，如同古代的绮雷克拉捧着她那尸灰坛，我一见你眼内的神情，不由的失手倒翻了我的心坛，把所有的灰一起泼在你的跟前。这回我再不能隐瞒了，我的心已经一起倒了出来。你看看这是些什么？这是些死灰，中间隐隐还夹着些血红的火星在灰堆里透着光亮。你这一看出

182

一个行乞的诗人　徐志摩散文

我的寒伧，要是你鄙蔑的一脚踹灭了这些余烬，给它们一个永远的黑暗，那倒也完事一宗，再没有麻烦了。但如其你站着不动，回头风一吹动重新把这堆死灰吹活了过来，那可危险了，亲爱的，这火要是在风前一旺，就难保不会烧着你的发肤，纵然你头上戴着桂冠，怕也不能保护你吧。因此我警告你还是站远些的好，你去你的吧。

第六首

在这五、六两首的中间，评衡家高士（Edmund Gosse）很有见地的指出白夫人另有一首绝美的短诗叫作《问与答》的应得放在一起读。那首诗与商籁体第五首（即上一首）表现同一种情调，但这是宛转的清丽的，不同上一诗的激昂嘹亮。意思是说你心目中所要的爱当然是热烈蓬勃一流，你怎么来找着我？你错了罢？你有见过在雪地里发芽开花的玫瑰没有？它不但不能长，就有也叫雪给冻死了。我的身世只是一片的冬景，满地的雪，那有什么鲜艳的生命？你一定是走错了，到这雪地里来寻花！你看你脚上不是已经踏着了雪，快洒脱吧，回头让你也给冻了。（第一段）我又好比是一处残破的古迹，几垒乱石子，长着些个冷落的青藤，你到这边来又是为什么了？你倒是要寻葡萄苹果呢，还是就为了这些可怜的绿叶？如果你是为了绿叶来的，那么好吧，既然承你情，你就不妨顺手摘三两张带回去做一个纪念也好！

但这时候白夫人心里的雪早就化了。叫白郎宁火热的爱给烫化了！所以在第六首里，她虽则开口还是"躲着我去吧"接着就是她的"软化"的招承。

趁早躲开我吧。但我从今后再不是原先的我，我此后永远在你的阴影下站着。我再不能在我单独的身世的门前呼吸我的思想，也不能在阳光里静定的举起我的手掌，而不感觉到你给我的深邃的影响。我的掌心永远存记着你的抚摩。你的心已经交互在我的心里，我的脉搏里跳荡着你的脉搏。我的思想里有你，行动里有你，梦里也有你。正如在葡萄酒里尝出葡萄的滋味，我的新来的生命里也处处按得出你造成它的原素。每回我为我自己对上帝祈求，他在我的声音里听出你的名字，在我的眼睛里他看出两个人的眼泪。

第七首

自从我听得你灵魂的脚步近我的身畔，仿佛这整个的世界都为我改变了面目。我本来只是在死的边沿上逗留着，自己早晚都在往下掉，谁想到爱来救了我，抱住了我，教给我生命的整体，在一种新的节奏里波动着。有了你近在我的身边，我的悲苦的已往都取得了意味，多甜的意味，那是上帝为我特定下的灵魂的浸礼。有了你这地面这天都变了样，我还能怨吗？就说我现在弹着的琴，唱着的歌，它们的可爱也就为有你的名字在歌声与琴韵里回响着。

第八首

这一弯眉月似的情绪已经渐渐的开展。在每一个字里跳跃着欢喜与感激，在每一个字里预映着圆满的光明。但她还得踌躇。一层浅色的游云暂时又掩住了亮月的清光。初起"我配吗"那一个动机又浮现了上来。她说：

你待我当然是再好没有的了，我的慷慨大量的恩人。你送我这份礼是最重也没有了。你带了你的无价的纯洁的心来，放在我的破屋子的墙外,听凭我收受或是鄙弃,可是我要是收了你这份厚礼,我又有什么东西来回敬你呢?不受太负了你,受了我又实在说不过去,人家能不骂我冷心肠说我无情义吗?但不是的,我不是冷,也不是狠,说实话,我是穷。上帝知道,不信你问他。日常的涕泪冲淡了我生命的颜色,剩下的就只这奄奄的惨白的躯体。我怎么能不自惭形秽,这是不配用作你的枕头的,实在是不配。你还是去你的吧!我这样的身世只配供人践踏的。

第九首

但是话说回来,我也并不是完全没有东西给你,最使我迟疑的就在这"事情的对不对"。我能给你些什么?什么也没有,除了眼泪,除了悲伤,因为我一辈子是这样过来的。我虽则有时也会笑,但这些笑都是不能长驻的。你劝我,你开导我,也是枉然。我实在的担忧,这是不对的!我不能让你为我这么受罪。你我不是同等人,如何能说到相爱。你待我那么厚,我待你这么寒伧,这如何能说得过去?去吧,可叹,我不能让我的灰土沾污你的袍服,我不能让我的悲苦连累你的爽恺的心胸,我也不能给你什么爱——这事情是不公平的呀!我爱,我就只爱你!再没有什么说的了。

第十首

在这首诗那一道云又扯了过去,更显得亮月的光明。她说:

我不说我是穷得什么东西都不能给你除了我的涕泪与悲伤吗?但是我爱你是真的。我初起只是放心不下这该不该:像我这样人该不该爱你?你我总觉得有些不公平,拿我这寒伧的来交换你那高贵的。但我转念一想这事情也不能执着一边看,也许在上帝的眼里,凭我的血诚，我这份回敬的礼物不至于完全没有它的价值。爱，只要是爱，不沾染什么的纯粹的爱，就不丑，就美，这份礼是值得收受的。你没有看见火吗？不论烧着的是圣庙或是贱麻，火总是明亮的。不论烧着的是松柏或是芜草，光焰是一般的。爱就是火。即如我现在，感着内心的驱使再不能隐匿我灵魂的秘密，朗声的对你供承"我爱你"——听呀，我爱你——我就觉得我是在爱的光焰里站着，形貌都变化了，神明的异彩从我的颜面对向着你的放射。说到爱高卑的分别是没有的；最渺小的生灵们也献爱给上帝，上帝还不一样接受它们的爱并且还爱它们。相信我，爱的灵感是神奇的，我又何尝不明白我自己的本真，但盘旋在我心里的那一团圣火照亮了我的思想，也照亮了我的眉目。这不是爱的伟大的力量可以"升华"造物的工程的一个凭证吗？

一个行乞的诗人

1. Collected Poems of William H. Davies

2. The Autobiography of a Super Tramp

3. Later Days.

4. A Poet's Pilgrimage

一

萧伯讷先生在一九〇五年收到从邮局寄来的一本诗集，封面上印着作者的名字，他的住址，和两先令六的价格。附来作者的一纸短简，说他如愿留那本书，请寄他两先令六，否则请他退回原书。在那些日子萧先生那里常有书坊和未成名的作者寄给他请求批评的书本，所以他接到这类东西是不以为奇的。这一次他却发见了一些新鲜，第一那本书分明是作者自己印行的，第二他那住址是伦敦西南隅一所硕果仅存的"佃屋"，第三附来的短简的笔致是异常的秀逸而且他那办法也是别致。但更使萧先生奇怪的是他一着眼就在这集子小诗里发见

187

了一个真纯的诗人，他那思想的清新正如他音调的轻灵。萧先生决意帮助这位无名的英雄。他做的第一件好事是又向他多买了八本，这在经济上使那位诗人立时感到稀有的舒畅，第二是他又替他介绍给当时的几个批评家。果然在短时期内各种日报和期刊上都注意到了这位流浪的诗人，他的一生的概况也披露了，他的肖影也登出了——他的地位顿时由破旧的佃屋转移到英国文坛的中心！他的名字是惠廉苔微士，他的伙伴叫他惠儿苔微士（Will Davies）。

苔微士沿门托卖的那本诗集确是他自己出钱印的。他的钱也不是容易来的。十九镑钱印得二百五十册书。这笔印书费是做押款借来的。苔微士先生不是没有产业的人，他的进款是每星期十个先令（合华银五元），他自从成了残废以来就靠此生活。他的计划是在十先令的收入内规定六先令的生活费，另提两先令存储备作印书费，余多的两先令是专为周济他的穷朋友的。他的住宿费是每星期三先令六（在更俭的时候是二先令四，在最俭的时候是不花一个大子儿，因为他在夏季暖和时就老实借光上帝的地面，在凉爽的树林里或是宽大的屋檐下寄托他的诗身！）但要从每星期两先令积成二三十镑的巨款当然不是易事，所以苔微士先生在最后一次的发狠决意牺牲他整半年的进款积成一个整数，自己跷了一条木腿，带了一本约书，不怎样乐观却也不绝望的投向荡荡的"王道"去。这是他一生最后一次，也是最辛苦的一次流浪，他自己说：——

再下去是一回奇怪的经验，无可名称的一种经验，因为我居然还能过活，虽则既没有勇气讨饭，又不甘心做小贩。有时我急得真想做贼；但是我没有得到可偷的机会，我依然平安的走着我的路。在我最感疲乏和饿慌的时候——我的实在的状况益发的黑暗，对于将来的想望益发的光鲜，正如明星的照亮衬出黑夜的深荫。

我是单身赶路的，虽则别的流氓们好意的约我做他们的旅伴，我愿意孤单因为我不许生人的声音来扰我的清梦。有好多人以为我是疯子，因为他们问起我当天所经过的市镇与乡村我都不能回答。他们问我那村子里的"穷人院"是怎样的情形，我却一点也不知道，因为我没有进去过。他们要知道最好的寓处，这我又是茫然的，因为我是寄宿在露天的。他们问我这天我是从那一边来的，这我一时也答不上；他们再问我到那里去，这我又是不知道的。这次经验最奇怪的一点是我虽则从不看人家一眼，或是开一声口问他们乞讨，我还是一样的受到他们的帮助。每回我要一口冷水。给我的却不是茶就是奶，吃的东西也总是跟着到手。我不由的把这一部生活认作短期的牺牲，消磨去一些无价值的时间为要换得后来千万个更舒服的；我祝颂每一个清朝，它开始一个新的日子，我也拜祷每一个安息日晚上，因为它结束了又一个星期。

这不使我们想起旧时朝山的僧人，他们那皈依的虔心使他们完全遗忘体肤的舒适？苔微士先生发见流浪生活最难堪的时候是在无荫蔽的旷野里遇雨，上帝保佑他们，因为流浪人的行装是没有替换的。有一天他在台风的乡间捡了一些麦柴，起造了一所精致的，风侵不进，露淋不着的临时公馆，自幸可以暖暖的过一夜，却不料——

天下雨了。在半小时内大块的雨打漏了屋顶，不到一小时这些雨点已经变成了洪流。又只能耐心耽着，在这大黑夜如何能寻到更安全的荫蔽。这雨直下了十个钟头。我简直连皮张都浸透了，比没身在水里干不了多少——不是平常我们叫几阵急雨给淋潮了的时候说的"浸透了皮"。我一点也不沮丧，把这事情只看作我应分经受的苦难的一件。到了第二天早上我在露天选了一个行人走不到的地点，躺了下来，一边安息，一边让又热又强的阳光收干我的潮湿。有两三次我这样的遭难，但在事后我完全不觉得什么难受。

头三个月是这样过的，白天在路上跑，晚上在露天寄宿，但不幸暖和的夏季是有尽期的，从十月到年底这三个月是不能没有荫蔽的。一席地也得要钱，即使是几枚铜子，苔微士先生再不能这样清高的流浪他的时日。但高傲他还是的，本来一个残废的人，求人家帮助是无须开口的，他只要在通衢上坐着，伸着一只手，钱就会来。再不然你就站在巡警先生不常到的街上唱几节圣诗，滚圆的铜子就会从住家的窗口蝴蝶似的向着你扑来。但我们的诗人不能这样折辱他的身份，他宁可忍冻，宁可挨饿，不能拉下了脸子来当职业的叫化。虽则在他最窘的日子，他也只能手拿着几副鞋带上街去碰他的机会，但他没有一个时候肯容自己应用乞丐们无耻的惯伎。这样的日子他挨过了两个月，大都在伦敦的近效，最后为要整理他的诗稿他又回到他的故居，亏了旧时一个难友借给他一镑钱，至少寄宿的费用有了着落。他的诗集是三月初印得的，但第一批三十本请求介绍的送本只带回了两处小报上冷淡的案语。日子飞快的过去，同时他借来的一点钱又快完了，这一失望他几乎把辛苦印来的本子一起给毁了！最后他发明了寄书求售的法子，拼着十本里卖出一两本就可以免得几天的冻饿，这才蒙着了萧先生的同情，在简短的时日内结束了他的流浪的生涯。

三

　　但这还只是苔微士先生多曲折的生活史里最后的一个顿挫，最逼近飞升的一个盘旋。在他从家乡初到伦敦的时候，他虽则身体是残废，他对于自己文学的前途不是没有希望。他第一次寄稿给书铺，满想编辑先生无意中发见了天才竟许第二天早上就会赶来求见他，或是至少，爽快的接受他的稿件，回信问他要预支多少版税。他的初作是一篇诗剧，题目叫《强盗》。邮差带回来的还是他的原稿，除了标题，竟许一行都不曾邀览！他试了又试，结果还是一样，只是白花了邮资，污损了稿本。他不久就发见了缘故。他的寓址是乞丐收容所的变相，他的题目又不幸是《强盗》，难怪深于世故的书店主人没有敢结交他做朋友！但是他还是尝试。他又脱稿子一首长诗，在这诗里他荟集了山林的走兽，空中的飞禽，甚至海底的鱼虾，在一处青林里共同咒骂人类的残忍，商量要秘密革命，趁黑夜到邻近的一个村庄里去谋害睡梦中的居民！这回他聪明了另换了不露形迹的地址，同时寄出了两个副本，打算至少一处总有希望。一星期过去没有消息，我们的作者急了，不为别的，怕是两处同时要定了他的非常的作品。再等了几天一份稿件回来了，不用，那一份跟着也回来了，一样的不用。苔微士先生想这一定是长诗不容易销，短诗一定有希望，他一坐下来又产生了几百首的短诗，但结果还是一样的为难，承印是有人了，但印费得作者自己担负。一个靠铜子过活的如何能拿得出几十个金镑？但为什么不试试知名的慈善家？他试了。当然是无结果。他又有了主意，何妨先印两千份一两页的"样诗"，买三个辨士一份，自己上街兜卖去，卖完了不就是六千个辨士，合五百个先令，整整二十五个金镑，恰巧印书的费用！但这也得印费，要三十五先令，他本有一些积蓄，再熬了几星期的饿，这一笔款子果然给凑成了。二千份样诗印了来，明天起一个大早，满心的高兴和希望，苔微士先生抱了一大卷上街零售去了。他见了人就拉生意，反复的说明他想印书的苦衷，请求三辨士的帮助。他走了三十家，说干了嘴，没有人明白他是什么意思，也没有人理会他，一本也卖不掉！难得有一半个人想做好事，但三辨士换一张纸，似乎太不值得了。诗，什么是诗？诗是干什么的？你再会说话他们还是不明白。最后他问到了一所较大的屋子，一个女佣出来应门。他照例说明他的来意，那位姑娘瞪大了眼望着他。"玛丽，谁在那里？"女主人在楼梯上面问。她回说有人来买字纸的。"给他这个铜子，叫他去吧，"一个铜子从楼梯上滚了下来。苔微士先生到手了一个铜子，但他还是央着玛丽拿这张纸给她主人看。竟许她是有眼光的，竟许她赏识我，竟许她愿意出钱替我印书，谁知道！但是楼梯上的声音更来得响亮而且凶狠了："玛丽，不许拿他什么东西，你听见了没有？"在几秒钟内苔微士先站在已经关紧的门外，掌心里托着一个孤独的辨士！得，饿了肚子跑酸了腿说干了嘴才到手了一个铜子，这该几十年才募得成二十五个金镑？何况回去时实在跑不动了还得花三辨士坐电车！苔微士先生一发狠把二千份的样诗一口气给毁了，一页也没有存。

四

为了这一次试验的损失，苔微士先生为格外节省起见，迁居到一个救世军的收容机关。他还是不死心，还是想印行他的诗集。这回的灵感是打算请得一张小贩的执照，下乡做买卖去。这样生活有了着落，原来每星期的进款不是可以从容积聚起来了吗？况且贩卖鞋带、针簪、钮扣还难说有可观的盈余。这样要不了半年工夫就可以有办法。苕微士先生的眼前着实放了一些光亮。但要实行这计划也不是没有事前的困难。第一他身上这条假腿，花他十几镑钱安上的，经了两三年的服务早已快裂了，他那有钱去另买一条腿？好容易他探得了一处公立的机关，可以去白要一只"锥脚"。但这也有手续。你得有十五封会员的荐信。苕微士先生这回又忙着买邮花发信了。在六星期内他先后发了一百多封信（这是说花了他一百多分邮花外加信纸费），但一半因为正当夏天出门的人多他得到的回信还是不够数。在这个时候一个慈善机关忽然派人来知照他说有人愿意帮他的忙，他当然如同奉到圣旨似的赶了去，但结果，经过了无数的手续，无数的废话，受了无数的闷气，苕微士先生还是苕微士先生！不消说那慈善机关的贵执事们报告给那位有心做好事的施主，说他是一个不值得帮助的无赖！如此过了好些时日才凑齐了必需的荐信，锥脚是到手了，但麻烦还是没有完。因为先前荐信只嫌不够，现在来得又太多了，出门人回了家都有了回信，苕微士先生又忙着退信道谢，又白花了他不少的邮花！

锥脚上了身，又进齐了货，针、骨簪、鞋带、钮扣，我们的诗人又开始了一种新生活。但他初下乡的时候因为口袋里还剩几个先令，他就不急急于做生意，倒是从容的玩赏初夏的风景：

> 第一晚到了圣亚尔明斯。我在镇上走了一转，就在野地里拿我那货包当枕头仰天躺下了。那晚的天上仿佛多出了不少星，拥护着庆祝着一美丽的亮月的成午。肢体虽则是倦了的，但为贪着这夜景又过了

三两小时才睡。我想在这夏季里只要有足够的钱在经过的乡村里买东西吃，这还不是一种光荣的生活？如此三四天我懒散着走着路，站在沟渠上面看那水从黑暗冲决到光明；听野鸟的歌唱；或是眺望远处够高的一个尖顶，别的不见，指点着在千树林中隐伏着的一个僻静的乡村。

但等得他花完了带着的钱，打开货包来正想起手做生意，苔微士先生发现那包货，因为每晚用做枕头，不但受饱了潮湿，并且针头也钻破了包衣发了锈，鞋带有皱有疲的，全失了样，都是不能卖的了！他只能听天由命。他正快饿瘪的时候在路边遇见了一个穷途的同志，他，一个身高血旺的健全汉子，问得了他的窘况，安慰他说只要跟他一路走不愁没有饭吃。这位先生是有本事的。喝饱了啤酒，啃饱了面包，先到了一条长街的尾梢，他立定了脚步，对苔微士先生说："看着，我就在这儿工作了。你只要跟在我后背捡地上的钱，钱自会来的。""你只管捡铜子好了，只要小心不要给铜子捡了去！"他意思是只要小心巡警。这是他的法术：偻了背，摇着腿，嘎着嗓子，张着大口唱。唱完了果然街两边的人家都掷铜子给他们，但那位先生刚住口就伸直了身子向后跑，诗人也只得跟了跑，——果然那转角上晃过了一位高大的"铜子"来！

在这一路上苔微士先生学得了不少的职业的秘密，但他流浪到了终期重返回到伦敦的时候，他出发时的计划还是没有实现，三个月产息的积蓄只够他短时期的安息，出书的梦想依旧是在虚无缥缈间。穷困的黑影还是紧紧的罩住他，凭他试那一个方向，他的道是没有一条通达的。但在这穷困的道上，他虽则捡不到黄金，他却发见了不少人道的智慧，那不是黄金所能买，也不是仅有黄金的人们所能希冀。这里是他的观察：——

　　家当全带在身上的人的最大的对头，是雨。日光有的时候他也不怎样在意，但在太阳西沉后他要是叫雨给带住了，他是应受哀怜的。他不是害怕受了潮湿在身体上发生什么病痛，如同他的有福分的同胞，但是他不喜欢那寒颤的味道，又是没有地方去取暖。这种尴尬的感觉逢空肚子更是加倍的难受。本来他御寒的唯一保卫就只是一个饱肚，只要肠胃不空他也不怎样介意风雨在他体肤上的侵袭。海上人看天边有否黑点，天文家看天上有否新光，这无家的苦人比他们更急急于看天上有否雨兆。为躲避未来的泛滥他托蔽于公共图书馆，那是唯一现成公开的去处；在这里空坐着呆对着一页书，一个字也没有念着，本来他那有心想来念。如其他一时占不到一空座，他就站在一张报纸的跟前施展那几乎不可能的站直了睡着的本领，因为只有如此才可以骗过馆里的人员以及别的体面人们，他们正等着想看那一张报纸。要能学到这一手先得经过多次不成功的尝试，呼吸疏了神，脑袋晃摇，或是身体向着报柜磕碰，都是可能的破绽；但等得工夫一到家，他就会站直在那里睡着，外表都明明是专心在看一段最有趣味的新闻。……往往他们没有得衣服换，因此时常可以见到两个人同时靠近在一个火的跟前，一个人烤着他的湿袜子。还有那个烤着他那僵干的面包……就在这下雨天我们看到只有在极穷的人们中间看得到的细小的恩情；一个自己只有一些的帮助那赤无所有的同胞。一个人在市街上攒到了十八个铜子回去，付了四个子的床费，买过了吃，不仅替另一个人付床钱，他还得另请一个人来分吃他的东西，结果把余下的一个铜子又照顾了一个人。一个人上天生意做得不错，就慷慨的这里给那里给直到他自己不留一个大子儿。这样下来虽则你在早上只见些呆钝与着急的脸，但到中午你可以看到大半数的寓客已经忙着弄东西吃，他们的床位也已经有了着落。种种的烦恼告了结束，他们有的吹，有的哼，也行彼此打趣常开着口笑的。

这些细小的恩情是人道的连锁，它们使得一个人在极颓丧时感到安慰，在完全黑暗的中心不感到怕惧。但我们的诗人还是扪索不着他成名的运道。如其他在早上发见一丝的希望，要不了天黑他就知道这无非又是一个不可充饥的画饼。他打听着了一个成名的文学家，比方说，他那奖掖后进的热心是有多人称道的，他当然不放过这机会，恭敬的备了信，把文稿送了去请求一看，但他得到唯一的回音是那位先生其实是太忙，没有余闲拜读他的大作，结果还是原封退回！这类泡影似的希冀连着来刻薄一个时运未济的天才。但苔微士先生是不知道绝望的。他依旧耐心的，不怨尤的守候着他的日子。

五

上面说的是他想在文学界里占一席地的经过的一个概况，现在我们还得要知道苔微士先生怎样从健全变成残废，他回到英国以前的生活。因为要不为那次的意外他或许到如今都还不肯放弃他那逍遥的流浪生涯，依旧在密西西比或是落矶山的一带的地域款留他的踪迹。非到了这一边走到了尽头，他才回头来尝试那一边的门径。他不是一个走半路的人。

他是生长在英国威尔斯的，他的母亲在他父亲死后就另嫁了人，他和他的两个弟妹都是他祖父母看养大的。他的家庭，除了他的祖父母，一个妹子，一个痴呆的弟弟，还有"一个女佣人、一狗、一猫、一鹦鹉、一斑鸠、一芙蓉雀"。他从小就是大力士，他的亲属十分期望他训练成一个职业的"打手"。所以每回他从学校里回来带着"一个出血的鼻子或是一只乌青的眼睛",他一家子就显出极大的高兴,起劲的指点他下回怎样报复他敌手的秘诀。在打架以外他又在学校里学到了一种非凡的本领——他和他的几个同学结合了一个有组织有计划的"扒儿手团"。他们专扒各式的店铺,最注意的当然是糖果铺。这勾当他们极顺利的实行了半年,但等得我们的小诗人和他的党羽叫巡警先生一把抓住颈根的日子,他挨了十二下重实的肉刑,他的祖父损失了十来镑的罚金。在他将近成年的时候他的二老先后死了,遗剩给他的有每星期十先令息金的产业。他已然做过厂工,学习过装制画框,但他不羁的天性再不容他局促在乡里间,新大陆,那黄金铺地的亚美利加,是他那时决定去施展身手的去处。到了美国,第一个朋友他交着的,是一个流浪的专家,从加拿大的北省到墨西哥的南部,从赫贞河流域到太平洋沿海,都是他遨游无碍的版图。第一个本领他学到的,是怎样白坐火车:最舒服是有空车坐,货车或牲口车也将就,最冒险是坐轨头前面的挡梗,车底有并行的铁条,在急的时候也可以蜷着坐,但最优游是坐车的顶篷,这不但危险比较的少,而且管车人很少敢上来干涉他们。跳车也不是容易,但为要逃命三十哩的速度有时都得拼着跳。过夜是不成问题的,美国多的是菁密的森林,在这里面生起一个火还不是天生的旅舍?有时在道上发见空屋子,他们就爬窗进去占领(他们不止一次占到的是出名的鬼屋!)

"做了三年叫化子,连皇帝都不要做了。"但如其我们的乞儿要过三年才能认清此中的滋味,苔微士先生一到美国就很聪明的选定了这绝对无职业的职业。在那时的美国饿死是几乎不可能的事,因为谁家没有富余的面包与牛乳,谁人不乐意帮助流浪的穷人?只要你开口，你就有饭吃，就有衣穿。不比在英国，为要一碗热汤吃，你先得鹄立多少时候才拿得到一张汤券，还得鹄立多少时候才能拿那券换得一碗汤。那些汤是"用不着调匙的，吃过了也没有剔牙的愉快；就是这清清的一汪，没有一颗青豆、一瓣葱、或是一粒萝卜的影子；什么都没有，除了苍蝇"。他们叫化可纪录的一次是在鲍尔铁穆，那边的居民是心好的多，正如那边的女人是美的多。只要你"站定在大街上饱餐过往的秀色，你就相信上帝是从不曾亏待你的"。他们是三个人合作的，我们的诗人当然经验最浅。他的职司是拿着一个口袋在街角上等候运道，他的两个同志分头向街两边的人家"工作"去。他们不但是有求必应，而且连着吃了三家的晚饭；在不到一个钟头，不但苔微士先生提着的口袋已经装得泼满，就连他们身上特别博大的衣袋也都不留一些余地。这次讨饭的经验，我们的诗人说，是"不容易忘记的"。因为他们回得家清理盈余的时候，他们又惊又喜的发见不仅他们想要的东西应有尽有，而且给下来的没有一个纸包是仅仅放着面包与牛油。"煎熟的蛤蜊、火鸡、童子鸡、牛排、羊腿、火肉与香肠；爱尔兰白薯、甜山薯与香芋芳；黑面包、白面包；油煎薄饼，各种的果糕，各式花样的蛋糕；香蕉、苹果、葡萄与橙子；外加一大堆的干果与一整袋的糖果"——这是他们讨得的六十几包的内容简单的清单。只有三家没有给的，但另有两家吩咐他们再去。

到了夏天他们当然去"长岛"的海滨去消夏。太阳光，凉风，柔软而和暖的海水，是不要钱也不须他们的募化。他们不是在软浪里拍浮，就在青荫下倦卧，要不然就踞坐在磐石上看潮。但如其他们的消夏计划是可羡慕，他们的消寒办法更显得独出心裁。美国北省的冬天是奇冷的，在小镇上又没有像在英国乡里似的现成的贫人院可以栖息或是小客寓里出四五个铜子可以买一席地。但如其这里没有别的公开寓所，这里的牢狱是现成的。在牢中的犯人不但有好饭吃而且有火可以取暖，并且除非你犯的是谋杀等罪，你有的是行动的自由，在"公共室"里你可以唱歌，可以谈天，可以打哈哈，可以打纸牌。苔微士先生的同志们都知道这些机关，他们只要想法子进牢狱去，这一冬天就不必担心衣食住的问题了。但监牢怎么进法？当然你得犯罪。但犯罪也有步骤，你得事前有接洽。你到了一个车站，你先得找到那地方的法警，他只要一见就明白你的来意，他是永远欢迎你的。你可以跟他讲价，先问他要一饼的板烟，再要几毛钱的酒资。你对他说你要多少日子，一个月或是两个月，这就算定规了。回头你只要到他那指定的酒店去喝酒玩儿，到了将近更深的时候乘着酒兴上街去唱几声或是什么，声音自然要放高一些，法警先生就会从黑暗里走过来，一把逮住了你，就说"喂，伙计，怎么了？在夜深时闹街是扰乱平安，犯警章第几百几十条，你现在是犯人了。"到了法官那里，你见那法警先生在他的耳边嘱咐了几句话，他就正颜的通知你说你确然是犯了罪，他现在判决你处七元或十五元的罚金，罚不出的话，就得到监牢里去住一个月或两个月（如你事前和法警先生商定的）。从这晚上起你什么都有了，等到满期出来你还觉得要休养的话，你只须再跑几里路到另一个市镇里再"犯一次罪"。你犯了罪不但自己舒服，就连看守监狱的，法警先生，乃至堂上的法官，都一致感谢你的好意；因为看监牢的多一个犯人就多开一支报销，法警先生捉到一名犯人照例有一元钱的奖金，法官先生判决一件犯罪也照例另得两元钱的报酬。谁都是便宜的，除了出租税的市民们，所有的公众机关都是他们维持的。但这类腐败而有幽默的情形，虽则在那时是极普通，运命是当然不久长的。

但苔微士先生有时也中止他的泊浮的生涯，有机会时也常常歇下来做几天或是几星期短期的工。乡里收获的时候，果子成熟的时候，或是某处有巨大的建筑工程的时候，我们的诗人就跟着其他流氓的同志投身工作去。工作满了期，口袋里盛满了钱，他们就去喝酒，非得喝瘪了才完事。他最后一次的职业是"牲口人"，从美国护送牛羊到英国去。他在大西洋上往还不止一次，在这里他学得了不少航海的经验与牲畜受虐待的惨象，这些在他的诗里都留有不磨的印象。

在这五年内，危险是常有的，困难经过不少，但他的精神是永远活泼而愉快的。在贼徒与流丐们的中间他虚心的承受他的教育。在光明的田野间，在馥郁的森林中，在多风的河岸上，在纷呶的酒屋里，他的诗魂不踌躇的吸收它的健康的营养。他偶尔唯一的抱憾是他的生活太丰满，他的诗思太显屯积，但他没有余闲坐定下来从容的抒写。他最苦恼的一次是他在奥林斯得了一次热病。

"我不知道为什么我不上火车，却反而向着乡里走去，这使我十分的后悔。因为我没有力气走了，路旁有一大块的草沼，我就爬进去，在那里整整躺了二天三夜，再也支援不起来走路。这一带常见饿慌的野豕，有时离我近极了，但它们见我身体转动就呐吼着跑了开去。有几十只饿鹰栖息在我头顶的树枝上，我也知道这草地里多的是毒蛇。我口渴得苦极了，就喝那草沼的小潭里的死水，那是微菌的渊薮，它的颜色是天上的彩虹，这样的水往往一口就可以毒死人的。我发冷的时候，我爬到火热的阳光里去，躺着寒战；冷过了热上了身。我又蜒回到树荫下去。四天工夫一口没有得吃，到这里以前的几天也没有吃多少。我望得见火车在轨道上来去，但我没有力气喊。很多车放回声，我知道它们在离我不到一哩路停下来装水或是上煤。明知在这恶毒的草沼里耽下去一定是死，我就想尽了法子爬到那路轨上，到了邻近一个车站，那里车子停的多。距离不满一哩路，但我费了两个多钟头才到。"

他自以为是必死了，但他在医院里遇到一个同乡的大夫用心把他治好了。这样他在他理想中黄金铺地的新世界飘泊了五年，他来时身上带着十多镑钱，五年后回家时居然还掏得出三先令零几个辨士。但他还不死心于他的黄金梦，他第二次又渡过大西洋，这回到加拿大去试他的运道。正好，他的命运在那里等候着他。他到了加拿大当然照例还是白坐火车，但这一次他的车价可付大了！他跳车跳失了腿，车走得太快，他踹了一个空，手还拉住车，给拖了一程，到地时他知道不对了，他的右脚给拉断了。经过了两次手术，锯了一条腿，在死的边沿停逗了好多天，苔微士先生虽则没有死，却从此变成了残废。他这才回还英国，放弃了他的黄金梦，开始他那（如上文叙述的）寻求文学机缘的努力。

六

这是苔微士先生从穷到通的一个概状。他的自传（*The Autobiography of a Super Tramp*）不是一本忏悔录，因为他没有什么忏悔的。他是一个急性的人，所以想到怎么做就怎么做，谨慎的美德不是他的。在现代生活一致平凡而又枯索的日子念苔微士先生自传的一路书，我们感觉到不少"替代的"快乐，但单是为那个我们正不少千百本离奇的侦探案与耸动的探险谈。分别是在苔微士先生的不仅是身亲的经验，而且他写的虽则是非常的事实，他的写法却只是通体的简净，没有铺张，没有雕琢，完全没有矜夸的存心。最令我们发生感动的尤其是这一点：他写的虽多是下流的生活，黑暗、肮脏、苦恼的世界，乞儿与贼徒的世界，我们却只觉得作者态度的尊严与精神的健全。他的困穷与流离是自求的，我们只见他到处发见"人道的乳酪"，融融的在苦恼的人间交流着。任凭他走到了绝望的边沿，在逼近真的（不是想象的）饿死与病死的俄顷，他的心胸只是坦然。他不怨人，亦不自艾，他从不咒诅他所处的社会，不嫉忌别人的福利，不自夸他独具的天才，不自伤他遭遇的屯邅，不怨恨他命运的不仁，——他是一个安命的君子。他跌断了一只腿，永远成了残废，但他还只是随手的写来，萧伯讷先生说他写他自己的意外正如一只龙虾失了一根须或是一只蜥蜴落了他的尾过了阵子就会重长似的。不，他再不浪费笔墨来描写他自己的痛苦，在他住院时他最注意最萦念的是那边本地人对待一个不幸的流浪人的异常的恩情。

有了苔微士先生那样的心胸，才有苔微士先生那样的诗。他的诗是——但我们得等另一个机会来谈他的诗了。

波特莱的散文诗

"我们谁不曾，在志愿奢大的期间，梦想过一种诗的散文的奇迹，音乐的却没有节奏与韵，敏锐而脆响，正足以迹象性灵的抒情的动荡，沉思的迂回的轮廓，以及天良的俄然的激发？"波特莱（Charles Baudelaire）一辈子话说得不多，至少我们所能听见的不多，但他说出口的没有一句是废话。他不说废话因为他不说出口除了在他的意识里长到成熟琢磨得剔透的一些。他的话可以说没有一句不是从心灵里新鲜剖摘出来的。像是仙国里的花，他那新鲜，那光泽与香味，是长留不散的。在十九世纪的文学史上。一个佛洛贝，一个华尔德裴特，一个波特莱，必得永远在后人的心里唤起一个沉郁，孤独，日夜在自剖的苦痛中求光亮者的意象——有如中古期的"圣士"们。但他们所追求的却不是虚玄的性理的真或超越的宗教的真。他们辛苦的对象是"性灵的抒情的动荡，沉思的迂回的轮廓，天良的俄然的激发"。本来人生深一义的意趣与价值还不是全得向我们深沉，幽玄的意识里去探检出来？全在我们精微的完全的知觉到每一分时带给我们的特异的震动，在我们生命的纤维上留下的不可错误的微妙的印痕，追摹那一些瞬息转变如同雾里的山水的消息，是艺人们，不论用的是那一种工具，最愉快亦最艰苦的工作。想象一支伊和灵弦琴（The Aeolian Harp）在松风中感受万籁的呼吸，同时也从自身灵敏的紧张上散放着不容模拟的妙音！不易，真是不易，这想用一种在定义上不能完美的工具来传达那些微妙的，几于神秘的踪迹——这困难竟比是想捉捕水波上的磷星或是收集兰蕙的香息。果然要能成功，那还不是波特莱说的奇迹？

　　但可奇的是奇迹亦竟有会发见的时候。你去波特莱的掌握间看，他还不是捕得了星磷的清辉，采得了兰蕙的异息？更可奇的是他给我们的是一种几于有实质的香与光。在他手掌间的事物，不论原来是如何的平凡，结果如同爱俪儿的歌里说的——

Suffer a sea—change
Into something beautiful and strange.

　　对穷苦表示同情不是平常的事，但有谁，除了波特莱，能造作这样神化的文句：——

Avez—vous quel quefois apercu des veuves sur ces bancs solitaires, des veuves pauvres? Qu'elles soient en deuil ou non, il est facile de les reconnâitre.D'ailleurs il y a toujours dans le deuil du pauvre quelque chose qui manque, une absence d'harmonie qui le rend plus navrent Il est contraint de I ê siner sur sa douleur.Le riche porte Ia sienne au grand complet.

你有时不看到在冷静的街边坐着的寡妇们吗？她们或是穿着孝或是不，反正你一看就认识。况且就使她们是穿着孝，她们那穿法本身就有些不对劲，像少些什么似的。这神情使人看了更难受。她们在哀伤上也得省俭。有钱的孝也穿得是样。

"她们在哀伤上也得省俭"——我们能想象更莹彻的同情，能想象更莹彻的文字吗？这是《恶之华》的作者；也是他，手拿着小物玩具在巴黎市街上分给穷苦的孩子们，望着他们"偷偷的跑开去，像是猫，它咬着了你给他的一点儿非得跑远远再吃去，生怕你给了又要反悔"（*The Poor Boy's Toy*）也是他——坐在舒适的咖啡店里见着的是站在街上望着店里的"穷人的眼"（Les Yeux des pauvres）———个四十来岁的男子，脸上显着疲乏长着灰色须的，一手拉着一个孩子，另一手抱着一个没有力气再走的小的——虽则在他身旁陪着说笑的是一个脸上有粉口里有香的美妇人，她的意思是要他叫店伙赶开这些苦人儿，瞪着大白眼看人多讨厌！

> Tant il est difficile des'entendre, mon cher ange, et rant la pensée estin communicable même entre gens qui s'aiment

他创造了一种新的战栗（A new thrill），嚣俄说。在八十年前是新的，到今天还是新的。爱默深说："一个时代的经验需要一种新的忏悔，这世界仿佛常在等候着它的诗人。"波特莱是十九世纪的忏悔者，正如卢骚是十八世纪的，丹德是中古期的。他们是真的"灵魂的探险者"，起点是他们自身的意识，终点是一个时代全人类的性灵的总和。譬如飓风，发端许只是一片木叶的颤动，他们的也不过是一次偶然的心震，一些"bagatelles laborieuses"，但结果——谁能指点到最后一个迸裂的浪花？自波特莱以来，更新的新鲜，不论在思想或文字上，当然是有过：麦雷先生（J.M.Murry）说普鲁斯德（Marcel Proust）是二十世纪的一个新感性，比方说，但每一种新鲜的发见只使我们更讶异的辨认我们伟大的"前驱者"与"探险者"当时踪迹的辽远。他们的界碑竟许还远在我们到现在仍然望不见的天的那一方站着那，谁知道！在每一颗新凝成的露珠里，星月存储着它们的光辉——我们怎么能不低头？

济慈的夜莺歌

　　诗中有济慈（John Keats）的《夜莺歌》，与禽中有夜莺一样的神奇。除非你亲耳听过，你不容易相信树林里有一类发痴的鸟，天晚了才开口唱，在黑暗里倾吐他的妙乐，愈唱愈有劲，往往直唱到天亮，连真的心血都跟着歌声从她的血管里呕出；除非你亲自咀嚼过，你也不易相信一个二十三岁的青年有一天早饭后坐在一株李树底下迅笔的写，不到三小时写成了一首八段八十行的长歌，这歌里的音乐与夜莺的歌声一样的不可理解，同是宇宙间一个奇迹，即使有那一天大英帝国破裂成无可记认的断片时，《夜莺歌》依旧保有他无比的价值：万万里外的星亘古的亮着，树林里的夜莺到时候就来唱着，济慈的夜莺歌永远在人类的记忆里存着。

　　那年济慈住在伦敦的Wentworth Place。百年前的伦敦与现在的英京大不相同，那时候"文明"的沾染比较的不深，所以华次华士站在威士明治德桥上，还可以放心的讴歌清晨的伦敦，还有福气在"无烟的空气"里呼吸，望出去也还看得见"田地、小山、石头、旷野，一直开拓到天边"。那时候的人，我猜想，也一定比较的不野蛮，近人情，爱自然，所以白天听得着满天的云雀，夜里听得着夜莺的妙乐。要是济慈迟一百年出世，在夜莺绝迹了的伦敦里住着，他别的著作不敢说，这首夜莺歌至少，怕就不会成功，供人类无尽期的享受。说起来真觉得可惨，在我们南方，古迹而兼是艺术品的，止淘成了西湖上一座孤单的雷峰塔，这千百年来雷峰塔的文学还不曾见面，雷峰塔的映影已经永别了波心！也许我们的灵性是麻皮做的，木屑做的，要不然这时代普遍的苦痛与烦恼的呼声还不是最富灵感的天然音乐；——但是我们的济慈在那里？我们的《夜莺歌》在那里？济慈有一次低低的自语——"I feel the flowers growing on me"。意思是"我觉得鲜花一朵朵的长上了我的身"，就是说他一想着了鲜花，他的本体就变成了鲜花，在草丛里掩映着，在阳光里闪亮着，在和风里一瓣瓣的无形的伸展着，在蜂蝶轻薄的口吻下羞晕着。这是想象力最纯粹的境界：孙猴子能七十二般变化，诗人的变化力更是不可限量——莎士比亚戏剧里至少有一百多个永远有生命的人物，男的女的、贵的贱的、伟大的、卑琐的、严肃的、滑稽的，还不是他自己摇身一变变出来的。济慈与雪莱最有这与自然谐合的变术；——雪莱制《云歌》时我们不知道雪莱变了云还是云变了雪莱；歌《西风》时不知道歌者是西风还是西风是歌者；颂《云雀》时不知道是诗人在九霄云端里唱着还是百灵鸟在字句里叫着；同样的济慈咏"忧郁""Odeon Melancholy"时他自己就变了忧郁本体，"忽然从天上掉下来像一朵哭泣的云"；他赞美"秋""*To Autumn*"时他自己就是在树叶底下挂着的叶子中心那颗渐渐发长的核仁儿，或是在稻田里静偃着玫瑰色的秋阳！这样比称起来，如其赵松雪关紧房门伏在地下学马的故事可信时，那我们的艺术家就落粗蠢，不堪的"乡下人气味"！

他那《夜莺歌》是他一个哥哥死的那年做的，据他的朋友有名肖像画家Robert Haydon给Miss Mitford的信里说，他在没有写下以前早就起了腹稿，一天晚上他们俩在草地里散步时济慈低低的背诵给他听——"……in a low, tremulous undertone which affected me extremely"那年碰巧——据着《济慈传》的Lord Houghton说，在他屋子的邻近来了一只夜莺，每晚不倦的歌唱，他很快活，常常留意倾听，一直听得他心痛神醉逼着他从自己的口里复制了一套不朽的歌曲。我们要记得济慈二十五岁那年在意大利在他的一个朋友的怀抱里作古，他是，与他的夜莺一样，呕血死的！

能完全领略一首诗或是一篇戏曲，是一个精神的快乐，一个不期然的发现。这不是容易的事；要完全了解一个人的品性是十分难，要完全领会一首小诗也不得容易。我简直想说一半得靠你的缘分，我真有点儿迷信。就我自己说，文学本不是我的行业，我的有限的文学知识是"无师传授"的。斐德（Walter Pater）是一天在路上碰着大雨到一家旧书铺去躲避无意中发现的。哥德（Goethe）——说来更怪了——是司蒂文孙（R.L.S.）介绍给我的，（在他的*Art of writing*那书里称赞George Henry Lewes的《葛德评传》；Everyman edition一块钱就可以买到一本黄金的书）。柏拉图是一次在浴室里忽然想着要去拜访他的。雪莱是为他也离婚才去仔细请教他的，杜思退益夫斯基、托尔斯泰、丹衣雪乌、波特莱耳、卢骚，这一班人也各有各的来法，反正都不是经由正宗的介绍：都是邂逅，不是约会。这次我到平大教书也是偶然的，我教着济慈的《夜莺歌》也是偶然的，乃至我现在动手写这一篇短文，更不是料得到的。友鸾再三要我写才鼓起我的兴来，我也很高兴写，因为看了我的乘兴的话，竟许有人不但发愿去读那《夜莺歌》，并且从此得到了一个亲口尝味最高级文学的门径，那我就得意极了。

但是叫我怎样讲法呢？在课堂里一头讲生字一头讲典故，多少有一个讲法，但是现在要我坐下来把这首整体的诗分成片段诠释它的意义，可真是一个难题！领略艺术与看山景一样，只要你地位站得适当，你这一望一眼便吸收了全景的精神；要你"远视"的看，不是近视的看；如其你捧住了树才能见树，那时即使你不惜工夫一株一株的审查过去，你还是看不到全林的景子。所以分析的看艺术，多少是杀风景的：综合的看法才对。所以我现在勉强讲这《夜莺歌》，我不敢说我能有什么心得的见解！我并没有！我只是在课堂里讲书的态度，按句按段的讲下去就是；至于整体的领悟还得靠你们自己，我是不能帮忙的。

你们没有听过夜莺先是一个困难。北京有没有我都不知道。下回萧友梅先生的音乐会要是有贝德花芬的第六个"沁芳南"（The Pastoral Symphony）时，你们可以去听听，那里面有夜莺的歌声。好吧，我们只要能同意听音乐——自然的或人为的——有时可以使我们听出神：譬如你晚上在山脚下独步时听着清越的笛声，远远的飞来，你即使不滴泪，你多少不免"神往"不是？或是在山中听泉乐，也可使你忘却俗景，想象神境。我们假定夜莺的歌声比我们白天听着的什么鸟都要好听；他初起像是龚云甫，嗓子发沙的，很懒的试她的新歌；顿上一顿，来了，有调了。可还不急，只是清脆悦耳，像是珠走玉盘（比喻是满不相干的）！慢慢的她动了情感，仿佛忽然想起了什么事情使他激成异常的愤慨似的，他这才真唱了，声音越来越亮，调门越来越新奇，情绪越来越热烈，韵味越来越深长，像是无限的欢畅，像是艳丽的怨慕，又像是变调的悲哀——直唱得你在旁倾听的人不自主的跟着她兴奋，伴着她心跳。你恨不得和着她狂歌，就差你的嗓子太粗太浊合不到一起！这是夜莺；这是济慈听着的夜莺，本来晚上万籁静定后声音的感动力就特强，何况夜莺那样不可模拟的妙乐。

好了；你们先得想象你们自己也教音乐的沈醅浸醉了，四肢软绵绵的，心头痒荠荠的，说不出的一种浓味的馥郁的舒服，眼帘也是懒洋洋的挂不起来，心里满是流膏似的感想，辽远的回忆，甜美的惆怅，闪光的希冀，微笑的情调一齐兜上方寸灵台时——再来——"in a low, tremulous undertone"——开诵济慈的《夜莺歌》，那才对劲儿！

这不是清醒时的说话；这是半梦呓的私语：心里畅快的压迫太重了流出口来绻缱的细语——我们用散文译讨他的意思来看：——

（一）"这唱歌的，唱这样神妙的歌的，决不是一只平常的鸟；她一定是一个树林里美丽的女神，有翅膀会得飞翔的。她真乐呀，你听独自在黑夜的树林里，在枝干交叉，浓荫如织的青林里，她畅快的开放她的歌调，赞美着初夏的美景，我在这里听她唱，听的时候已经很多，她还是恣情的唱着；啊，我真被她的歌声迷醉了，我不敢羡慕她的清福，但我却让她无边的欢畅催眠住了，我像是服了一剂麻药，或是喝尽了一剂鸦片汁，要不然为什么这睡昏昏思离离的像进了黑甜乡似的，我感觉着一种微倦的麻痹，我太快活了，这快感太尖锐了，竟使我心房隐隐的生痛了！"

（二）"你还是不倦的唱着——在你的歌声里我听出了最香洌的美酒的味儿。呵，喝一杯陈年的真葡萄酿多痛快呀！那葡萄是长在暖和的南方的，普鲁冈斯那种地方，那边有的是幸福与欢乐，他们男的女的整天在宽阔的太阳光底下作乐，有的携着手跳春舞，有的弹着琴唱恋歌；再加那遍野的香草与各样的树馨——在这快乐的地土下他们有酒窖埋着美酒。现在酒味益发的澄静，香冽了。真美呀，真充满了南国的乡土精神的美酒，我要来引满一杯，这酒好比是希宝克林灵泉的泉水，在日光里滟滟发虹光的清泉，我拿一只古爵盛一个扑满。啊，看呀！这珍珠似的酒沫在这杯边上发瞬，这杯口也叫紫色的浓浆染一个鲜艳；你看看，我这一口就把这一大杯酒吞了下去——这才真醉了，我的神魂就脱离了躯壳，幽幽的辞别了世界，跟着你清唱的音响，像一个影子似淡淡的掩入了你那暗沉沉的林中。"

（三）"想起这世界真叫人伤心。我是无沾恋的，巴不得有机会可以逃避，可以忘怀种种不如意的现象，不比你在青林茂荫里过无忧的生活，你不知道也无须过问我们这寒伧的世界，我们这里有的是热病、厌倦、烦恼，平常朋友们见面日寸只是愁颜相对，你听我的牢骚，我听你的哀怨；老年人耗尽了精力，听凭痹症摇落他们仅存的几茎可怜的白发；年轻人也是叫不如意事蚀空了，满脸的憔悴，消瘦得像一个鬼影，再不然就进墓门；真是除非你不想他，你要一想的时候就不由得你发愁，不由得你眼睛里钝迟迟的充满了绝望的晦色；美更不必说，也许难得在这里，那里，偶然露一点痕迹，但是转瞬间就变成落花流水似没了，春光是挽留不住的，爱美的人也不是没有，但美景既不常驻人间，我们至多只能实现暂时的享受，笑口不曾全开，愁颜又回来了！因此我只想顺着你歌声离别这世界，忘却这世界，解化这忧郁沉沉的知觉。"

（四）"人间真不值得留恋，去吧，去吧！我也不必乞灵于培克司（酒神）与他那宝辇前的文豹，只凭诗情无形的翅膀我也可以飞上你那里去。啊，果然来了！到了你的境界了！这林子里的夜是多温柔呀，也许皇后似的明月此时正在她天中的宝座上坐着，周围无数的星辰像侍臣似的拱着她。但这夜却是黑，暗阴阴的没有光亮，只有偶然天风过路时把这青翠荫蔽吹动，让半亮的天光丝丝的漏下来，照出我脚下青茵浓密的地土。"

（五）"这林子里梦沉沉的不漏光亮，我脚下踏着的不知道是什么花，树枝上渗下来的清馨也辨不清是什么香；在这薰香的黑暗中我只能按着这时令猜度这时候青草里，矮丛里，野果树上的各色花香；——乳白色的山楂花，有刺的野蔷薇，在叶丛里掩盖着的芝罗兰已快萎谢了，还有初夏最早开的麝香玫瑰，这时候准是满承着新鲜的露酿，不久天暖和了，到了黄昏时候，这些花堆里多的是采花来的飞虫。"

我们要注意从第一段到第五段是一顺下来的：第一段是乐极了的谵语，接着第二段声调跟着南方的阳光放亮了一些，但情调还是一路的缠绵。第三段稍为激起一点浪纹，迷离中夹着一点自觉的愤慨，到第四段又沉了下去，从"already with thee!"起，语调又极幽微，像是小孩子走入了一个阴凉的地窖子，骨髓里觉着凉，心里却觉着半害怕的特别意味，他低低的说着话，带颤动的，断续的；又像是朝上风来吹断清梦时的情调；他的诗魂在林子的黑荫里闻着各种看不见的花草的香味，私下一一的猜测诉说，像是山涧平流入湖水时的尾声……这第六段的声调与情调可全变了；先前只是畅快的惝恍，这下竟是极乐的谵语了。他乐极了，他的灵魂取得了无边的解脱与自由，他就想永保这最痛快的俄顷，就在这时候轻轻的把最后的呼吸和入了空间，这无形的消灭便是极乐的永生；他在另一首诗里说——

I know this being's lease,

My fancy to its utmost bliss spreads,

Yet could I on this very midnight cease,

And the worlds gaudy ensign see in shreds;

Verse, Fame and beauty are intense indeed,

But death intenser—death is life's high meed.

在他看来，（或是在他想来），"生"是有限的，生的幸福也是有限的——诗，声名与美是我们活着时最高的理想，但都不及死，因为死是无限的，解化的，与无尽流的精神相投契的，死才是生命最高的蜜酒，一切的理想在生前只能部分的，相对的实现，但在死里却是整体的绝对的谐合，因为在自由最博大的死的境界中一切不调谐的全调谐了，一切不完全全完全了，他这一段用的几个状词要注意，他的死不是苦痛；是"Easeful death"舒服的，或是竟可以翻作"逍遥的死"；还有他说"Quiet breath"，幽静或是幽静的呼吸，这个观念在济慈诗里常见，很可注意；他在一处排列他得意的幽静的比象——

AUTUMN SUNS

Smiling at eve upon the quiet sheaves.

Sweet sapphos cheek—a sleeping infant's breath——

The gradual sand that through an hour glass runs

A woodland rivulet, a poet's death.

秋田里的晚霞，沙浮女诗人的香腮，睡孩的呼吸，光阴渐缓的流沙，山林里的小溪，诗人的死。他诗里充满着静的，也许香艳的，美丽的静的意境，正如雪莱的诗里无处不是动，生命的振动，剧烈的，有色彩的，嘹亮的。我们可以拿济慈的《秋歌》对照雪莱的《西风歌》，济慈的"夜莺"对比雪莱的"云雀"，济慈的"忧郁"对比雪莱的"云"，一是动、舞、生命、精华的、光亮的、搏动的生命，一是静、幽、甜熟的、渐缓的"奢侈"的死，比生命更深奥更博大的死，那就是永生。懂了他的生死的概念我们再来解释他的诗：

（六）"但是我一面正在猜测着这青林里的这样那样，夜莺他还是不歇的唱着，这回唱得更浓更烈了。（先前只像荷池里的雨声，调虽急。韵节还是很匀净的；现在竟像是大块的骤雨落在盛开的丁香林中，这白英在狂颤中缤纷的堕地，雨中的一阵香雨，声调急促极了。）所以他竟想在这极乐中静静的解化，平安的死去，所以他竟与无痛苦的解脱发生了恋爱，昏昏的随口编着钟爱的名字唱着赞美他，要他领了他永别这生的世界，投入永生的世界。这死所以不仅不是痛苦，真是最高的幸福，不仅不是不幸，并且是一个极大的奢侈；不仅不是消极的寂灭，这正是真生命的实现。在这青林中，在这半夜里，在这美妙的歌声里，轻轻的挑破了生命的水泡，啊，去吧！同时你在歌声中倾吐了你的内蕴的灵性，放胆的尽性的狂歌好像你在这黑暗里看出比光明更光明的光明，在你的叶荫中实现了比快乐更快乐的快乐；——我即使死了，你还是继续的唱着，直唱到我听不着，变成了土，你还是永远的唱着。"

这是全诗精神最饱满音调最神灵的一节，接着上段死的意思与永生的意思，他从自己又回想到那鸟的身上，他想我可以在这歌声里消散，但这歌声的本体呢？听歌的人可以由生入死，由死得生，这唱歌的鸟，又怎样呢？以前的六节都是低调，就是第六节调虽变，音还是像在浪花里浮沉着的一张叶片，浪花上涌时叶片上涌，浪花低伏时叶片也低伏；但这第七节是到了最高点，到了急调中的急调——诗人的情绪，和着鸟的歌声，尽情的涌了出来：他的迷醉中的诗魂已经到了梦与醒的边界。

这节里Ruth的本事是在旧约书里*The Book of Ruth*，她是嫁给一个客民的，后来丈夫死了，她的姑要回老家，叫她也回自己的家再嫁人去，罗司一定不肯，情愿跟着她的姑到外国去守寡，后来她在麦田里收麦，她常常想着她的本乡，济慈就应用这段故事。

（七）"方才我想到死与灭亡，但是你，不死的鸟呀，你是永远没有灭亡的日子，你的歌声就是你不死的一个凭证。时代尽迁异，人事尽变化，你的音乐还是永远不受损伤，今晚上我在此地听你，这歌声还不是在几千年前已经在着，富贵的王子曾经听过你，卑贱的农夫也听过你：也许当初罗司那孩子在黄昏时站在异邦的田里割麦，他眼里含着一包眼泪思念故乡的时候，这同样的歌声，曾经从林子里透出来，给她精神的慰安，也许在中古时期幻术家在海上变出蓬莱仙岛，在波心里起造着楼阁，在这里面住着他们摄取来的美丽的女郎，她们凭着窗户望海思乡时，你的歌声也曾经感动她们的心灵，给他们平安与愉快。"

（八）这段是全诗的一个总束，夜莺放歌的一个总束，也可以说人生的大梦的一个总束。他这诗里有两相对的（动机）；一个是这现世界，与这面目可憎的实际的生活：这是他巴不得逃避，巴不得忘却的，一个是超现实的世界，音乐声中不朽的生命，这是他所想望的，他要实现的，他愿意解除脱了不完全暂时的生为要化入这完全的永久的生。他如何去法，凭酒的力量可以去，凭诗的无形的翅膀亦可以飞出尘寰，或是听着夜莺不断的唱声也可以完全忘却这现世界的种种烦恼。他去了，他化入了温柔的黑夜，化入了神灵的歌声——他就是夜莺；夜莺就是他。夜莺低唱时他也低唱，高唱时他也高唱，我们辨不清谁是谁，第六第七段充分发挥"完全的永久的生"那个动机，天空里，黑夜里已经充塞了音乐——所以在这里最高的急调尾声一个字音forlorn里转回到那一个动机，他所从来那个现实的世界，往来穿着的还是那一条线，音调的接合，转变处也极自然；最后糅和那两个相反的动机，用醒（现世界）与梦（想象世界）结合全文，像拿一块石子掷入山壑内的深潭里，你听那音响又清切又谐和，余音还在山壑里回荡着，使你想见那石块慢慢的，慢慢的沉入了无底的深潭……音乐完了，梦醒了，血呕尽了，夜莺死了！但他的余韵却袅袅的永远在宇宙间回响着……

图书在版编目（CIP）数据

一个行乞的诗人：徐志摩散文 / 徐志摩著.
-- 南昌：百花洲文艺出版社，2016.9
ISBN 978-7-5500-1901-0

Ⅰ.①一… Ⅱ.①徐… Ⅲ.①散文集 – 中国 – 现代
Ⅳ.①I266

中国版本图书馆CIP数据核字（2016）第213116号

一个行乞的诗人

徐志摩 著

出 版 人	姚雪雪
责任编辑	胡青松 李 澜
书籍设计	方 方
制 作	何 丹
出版发行	百花洲文艺出版社
社 址	南昌市红谷滩世贸路898号博能中心A座20楼
邮 编	330038
经 销	全国新华书店
印 刷	江西千叶彩印有限公司
开 本	720mm×1000mm 1/16 印张 14
版 次	2017年1月第1版第1次印刷
字 数	150千字
书 号	ISBN 978-7-5500-1901-0
定 价	25.00元

赣版权登字 05-2016-284

邮购联系 0791-86895108
网 址 http://www.bhzwy.com
图书若有印装错误，影响阅读，可向承印厂联系调换。